Es waren stille Tage

Wolfgang Brammen

Es waren stille Tage
… und andere Erzählungen

Bibliographische Information der Deutschen Nationalbibliothek:
Die Deutsche Nationalbibliothek verzeichnet diese Publikation in der Deutschen Nationalbibliographie; detaillierte bibliographische Daten sind im Internet über http://dnb.d-nb.de abrufbar.

© 2015 Wolfgang Brammen
Umschlagdesign, Herstellung und Verlag:
Books on Demand GmbH, Norderstedt
Titelfoto: Martina Thanner / aboutpixel.de
Text in alter Rechtschreibung
ISBN 978-3-7386-0442-9

*Und da ist jene unstillbare Sehnsucht,
schmerzlich und glückselig;
jene geheimnisvolle Betörung, die oft liegt
um Erregendes, Faszinierendes, Beklemmendes.*

Für Inge

Inhalt

Bob	*S.*	*8*
„Landunter"	*S.*	*27*
Beschützer im Advent	*S.*	*142*
Die Sommer mit Pawlow	*S.*	*145*
Es waren stille Tage	*S.*	*184*
So blau waren die Trauben	*S.*	*212*
Epilog	*S.*	*227*
Übersetzung wesentlicher Dialektwörter bzw. -begriffe	*S.*	*228*
Weitere Veröffentlichungen des Autors	*S.*	*230*

Bob

Niemand wußte so richtig, woher der Hund kam, wem er gehörte, geschweige denn, wie er hieß. Kaum einer sprach ihn an, nicht mal Kinder, wie denn auch, wenn man seinen Namen nicht kannte. Er sah nur kurz auf, wenn trotzdem mal jemand was zu ihm rüberrief, aber weiter reagierte er darauf nicht. Ein Wunder war es ohnehin, daß er bislang nicht unter ein Auto geraten war, weil er scheinbar planlos die Straßenseiten wechselte. Doch er verstand es immer, rechtzeitig auf der anderen Seite anzukommen in seinem eher müden Trab, und manchmal bremsten die Autos auch nur noch halbherzig, weil alle wußten, daß er es sowieso heil rüberschaffte.

Er wirkte reichlich heruntergekommen und hatte wohl seit ewigen Zeiten keine Bekanntschaft mehr mit einem Waschzuber gemacht. Man kümmerte sich nicht groß um ihn, nur ein paar Leuten, die selbst Hunde oder andere Tiere im Haus hatten, fiel er auf, und sie gerieten sich in die Haare, von welcher Rasse er abstamme. Einig waren sie sich nur darin, daß er das Ergebnis einer wilden Kreuzung sein mußte, ein ziemlich arger Mischling von wer weiß was für Hunderassen.

Von der Statur her konnte er ein Schäferhund sein oder auch ein Labrador oder Rottweiler, genausogut aber auch ein Dalmatiner, obwohl von dessen Farben wirklich nur mit großer Mühe an ihm was zu sehen war. Im Grunde ähnelte er fast allen größeren Hunden, die im Ort herumliefen, ohne daß man ihn sicher einer bestimmten Rasse hätte zuordnen können. Von allen Farben schien er ein bißchen in sein struppiges, oft verdrecktes Fell abgekriegt zu haben.

Die anderen Hunde gingen ihm aus dem Weg, nicht das übliche Geknurre und Gebell, wenn sie ihm begegneten. Dabei zeigte er keinerlei Aggressivität, beachtete seine Artgenossen nur beiläufig. Nicht, daß er sich was gefallen lassen hätte, doch es genügte, wenn ihm mal einer zu nahe kam oder den Anschein erweckte, sich gegen ihn wenden zu wollen, daß er kurz die Zähne zeigte, meist ganz stumm, nur selten mit einem merkwürdigen dumpfen Laut verbunden, woraufhin man ihn sofort in Ruhe ließ.

Wovon er lebte, was er fraß, wußte auch keiner. Irgendwo mußte er was finden oder was kriegen, doch niemand vermißte mal ein Huhn oder eine Gans, und an Abfalltonnen und in Scheunen wurde er auch noch nicht überrascht. Gut, viel war an ihm nicht dran, man sah deutlich seine Knochen, die sich durch das Fell abzeichneten, aber irgendwie schaffte er es, sich durchzubringen, auch im Winter, wenn er mit einem dickeren Fell auftauchte und hin und wieder Schnee fraß oder das Tauwasser trank.

Wenn überhaupt, dann mußte es schon eine

ganze Weile her sein, daß er mal ein Halsband getragen hatte. An seinem Hals waren die Haare nämlich genauso lang wie überall, nicht die Andeutung einer Scheuerstelle oder einer Rasur.

Eigentlich war das nicht in Ordnung, denn es gab natürlich auch keine Steuermarke, der Hund lief frei herum, machte, was er wollte und niemand kam für ihn auf. Deshalb gab's auch keinen Namen für ihn, der sonst auf der Rückseite der Steuermarke abzulesen war, jedenfalls bei den meisten Hunden. So gehörte es sich im Ort und auch in den anderen Orten ringsum. Für den Fall, daß mal einer weglief und ihn einer einfing. Dann war es gut, seinen Namen ablesen und mit ihm reden zu können, ihn mit seinem Namen anzusprechen. Bei den meisten Hunden half das, sie waren dann meistens schnell wieder ruhig und weniger aufgeregt, und man konnte sich schneller mit den Besitzern verständigen, daß sie ihren Hund wieder abholten oder daß man ihn selbst zurückfuhr. Jeremias Fuller, der einen Berner Sennhund hatte, störte das fehlende Halsband und demzufolge die nicht sichtbare Steuermarke so sehr, daß er einen Versuch unternahm, den streunenden Hund einzufangen. Doch davon ließ er sogleich wieder die Finger, als der ihn nämlich, nachdem er Fuller zunächst kaum beachtet hatte, unverhofft wütend mit hochgezogenen Lefzen angegangen war, ohne ihn allerdings zu beißen. Seitdem ließ man den Hund zufrieden, auch in der Gemeindeverwaltung kümmerte man sich nicht mehr um die Angelegenheit, schließlich tat er keinem was, wenn man ihn in Ruhe ließ. Jeder wußte, daß dem Hund nicht mit friedlichen Mitteln beizukommen war. Man hätte ihn schon erschießen müssen, doch das wollte nun doch keiner, auch von den Jägern fühlte sich keiner veranlaßt, auf ihn anzulegen. Irgendwie hatte man sich an seinen Anblick gewöhnt. Größeres Wild riß er nicht, das hätten sie festgestellt, und wenn er sich mal ein Kaninchen holte, dann war das auch gut und störte niemand.

Das alles wäre wohl noch eine ganze Zeitlang so weitergegangen, die Tage und Wochen wären wie immer verstrichen, ohne daß sich groß was getan hätte in der Gegend, eben die üblichen Dinge, wie sie sich in so einem Distrikt auf dem Land eben zutrugen. Doch dann war auf einmal der alte Mann da. Über die staubige Landstraße kam er daher und steuerte schnurstracks Emmys Laden an. Obwohl dort eine Menge Leute zu der Zeit gerade auch einkauften, grüßte er keinen, suchte sich was zum Essen und Trinken aus, Sachen, die man selbst auf den Herd stellt, verstaute sie in einem mächtigen Rucksack, bezahlte umständlich und war im Nu wieder über die Landstraße verschwunden. Richtig alt war er wohl gar nicht, doch durch seinen kahlen Schädel, den er kurz zeigte, als er den Hut lüftete, um den Schweiß abzuwischen, machte er den Eindruck, als ob er schon ein ordentliches Päckchen Jahre auf dem Buckel hätte.

Er kam dann regelmäßiger, lief aber nicht weiter in den Ort rein, hielt sich immer nur zwischen den ersten Häusern auf, kaufte bei Emmy seinen Kram und, was aber seltener vorkam, stapfte die Stiegen zu Willeys Coffeeshop hoch. Da trank er zumeist einen Kaffee von der pechschwarzen Sorte, in den er sich manchmal einen Schuß Whisky kippen ließ. Betrinken tat er sich nie, es blieb bei dem bißchen Whisky im Kaffee oder auch mal, anstelle des Whiskys, einem Schuß von dem klaren Schnaps, den Willey von einem Händler in der Nachbarstadt bezog.

Vom Reden hielt er nicht viel. Einige gaben sich richtig Mühe, aus ihm was rauszuholen, doch er blieb einsilbig, grüßte zwar nach ein paar Tagen ab und zu, meistens aber nur diejenigen, die er bereits mal gesehen hatte, vor der Ladenkasse oder bei Willey; oder auch die, die er schon mal fast umgelaufen hatte, denn er blickte immer vor sich runter, wenn er ging, vielleicht so zwei, drei Schritte nach vorne, aber viel weiter sicher nicht.

Wo er wohnte, war auch so eine Sache. Man sah ihn immer nur über die Landstraße herankommen. Auf einmal war er auf dem staubigen Weg neben dem Asphalt zu sehen, und Leute, die kurz hintereinander in beiden Richtungen unterwegs waren, wußten nicht mit Bestimmtheit zu sagen, wo genau an der Straße er als erstes aufgetaucht war.

Dann sah ihn einer mal, wie er an der Stelle aus dem Wald kam, wo der schmale Weg abging, hin zum Gesindehaus vom Petrovicz-Hof, der auf der anderen Seite vom Wald lag, aber längst nicht mehr existierte, denn da hatte es mal mächtig gebrannt, alles ging unter, nichts blieb stehen, fünfundzwanzig Stück Vieh oder noch mehr verbrannten, die Petroviczs konnten sich gerade noch selbst ins Freie retten samt ihren vier oder fünf Kindern, die fürchterlich dabei schrieen. Die Feuerwehr beschränkte sich darauf, so weit zu löschen und abzureißen, daß nicht auch noch der Wald zu brennen anfing. Was übrigblieb, qualmte noch tagelang, und die Feuerwehr ließ Brandwachen zurück, um jederzeit erneut löschen zu können, wenn irgendwo aus den Aschehaufen wieder Flammen rauskommen sollten.

Wie es dann weiterging, wußte keiner mehr so genau, wie das mit der Versicherung ablief, was die Petroviczs weiter machten, denn die verschwanden von heute auf morgen. Nur so viel sickerte durch, daß sie an der Stelle, wo es gebrannt hatte, nichts mehr hinbauen wollten, daß sie überhaupt nicht im Bezirk bleiben wollten. Wo sie schließlich hinzogen, was aus ihnen dann weiter wurde, wußte auch keiner.

Warum der Petrovicz-Hof eines Nachts lichterloh brannte, daß manche zunächst meinten, es mit ungewöhnlich starkem Wetterleuchten zu tun zu haben, so hell wurde der Himmel, kam nie richtig raus. Ob sich in einer der Scheunen tatsächlich Heu selbst entzündete, wie es irgendwann hieß, blieb die Frage. Selbstentzündung mitten in der

Nacht? Gab es so was?

Das Gesindehaus hatte nichts abbekommen vom großen Brand, es stand immerhin ein paar hundert Meter weit weg, mitten auf einer Lichtung, und wurde anschließend von allerlei Leuten bewohnt, stand auch immer wieder mal leer. Gekauft hatte das ziemlich heruntergewirtschaftete Haus, das immer düster und unheimlich wirkte, ein Mann aus der Bezirkshauptstadt, der sich aber wenig um seinen Erwerb scherte und so gut wie nie in der Gegend gesehen wurde. Es war zu Fuß eine gute Stunde bis zu Emmys Laden, im Winter, je nachdem, wie hoch der Schnee lag, mitunter auch mal zwei Stunden.

Von dort also kam Bob, wenn er neben der Landstraße gesichtet wurde, so zwei- oder dreimal in der Woche machte er sich auf den Weg zu Emmys Laden. Ob er wirklich Bob hieß, war überhaupt nicht sicher. Irgendwann erzählte jemand von Bob, meinte damit den alten Mann, und von da an redeten alle nur noch von Bob, wenn sie von ihm sprachen. Natürlich kriegte er mit, daß sie ihn Bob nannten, obwohl ihn so gut wie keiner anredete, schon gar nicht mit Bob. Erst recht war nicht bekannt, wie er weiter hieß, also mit Nachnamen. Er ließ nichts anschreiben, nicht bei Emmy, nicht bei Willey, so daß man auch auf diese Weise nicht weiterkam mit ihm.

Wenn es nicht anders ging, wenn er im Laden mal zur Seite treten sollte oder Willeys Bedienung ihn was fragen wollte, dann hieß es „Hello",

„Hey, Mister", „Hello, Mister" oder auch mal einfach nur „Hey". Ihn schien das alles nicht zu interessieren, entweder hieß er tatsächlich Bob oder es war ihm egal, welchen Namen sie ihm gegeben hatten.

An einem heißen Nachmittag im August tauchte Bob wieder mal auf und schlug die Richtung zu Emmys Laden ein. Den ganzen Tag schon hatte sich der streunende Hund in den Straßen herumgetrieben, die meiste Zeit im Schatten der großen Kastanien am Rand der Tankstelle im Gras gelegen und nur ab und zu den Kopf gehoben, wenn sich was in seiner Nähe tat. Als er Bob sah, ging sein Kopf in die Höhe, und da behielt er ihn auch, bis Bob an der Straße angekommen war, die zu Emmys Laden führte. Da stand er langsam auf, streckte und dehnte sich, um dann über die Straße zu trotten, Bob hinterher, der von ihm nichts mitbekam, weil er wie immer die Augen vor sich auf den sandigen Weg richtete. Vor Emmys Laden hockte sich der Hund hin, blickte mal zur Tür hin, hinter der Bob verschwunden war, verzog sich dann ein Stück vom Weg fort ins hohe Gras.

Bei Bob dauerte es ein bißchen, bis er seine Sachen beisammen hatte, und als er wieder rauskam aus dem Laden, stand der Hund auf und lief hinter ihm her. Er hielt Abstand zu Bob, vielleicht so zwei Meter, schlug das gleiche Tempo wie Bob an, was am Anfang nicht gleich gelang, doch als sie die Hauptstraße erreichten, hatte er seinen Rhythmus zu ihm gefunden.

Von alledem hatte Bob bisher nichts mitgekriegt, erst jetzt, als er zum Ortsausgang hin, Richtung Landstraße, abbog, bemerkte er den Hund, starrte ihn ein paar Sekunden lang an und setzte dann seinen Weg fort. Der Hund war stehengeblieben, als Bob ihn musterte, folgte dem Mann dann im alten Abstand. Aus den letzten Häusern wurde noch beobachtet, daß der Hund, als die beiden die Trafostation passierten, die schon außerhalb des Gemeindegebietes lag, langsamer wurde und Bob sich fast gleichzeitig umdrehte, um ihn mit rudernden Armbewegungen zurückzuscheuchen. Der Hund setzte sich, wirkte unruhig, sah Bob hinterher, legte sich dann langausgestreckt hin, als ob er auf seine Rückkehr wartete. Währenddessen stapfte Bob weiter, drehte sich kein einziges Mal um, hatte bald den Rand des Waldes erreicht, der die Straße von dort an auf der linken Seite säumte, wurde kleiner und kleiner, bis ihn der Dunst, der von den Wiesen über die Straße zog, verschluckte.

Bill Anderson hatte sich die Darbietung bis zuletzt angesehen. Mindestens eine Viertelstunde dauerte es, ehe sich der Hund wieder erhob und die Landstraße runterschaute, wohin der alte Mann verschwunden war. Drei, vier Schritte machte er noch in Bobs Richtung, dann drehte er um und bewegte sich ziemlich langsam zurück in den Ort rein, wahrscheinlich wollte er wieder unter die Kastanien an der Tankstelle, vielleicht aber auch ganz woanders hin. Wo er die Nächte verbrachte, konnte man nie vorhersagen. Er wurde morgens schon an vielen Stellen gesehen, kam auch mal aus dem verwilderten Grasland neben der Landstraße raus, lange bevor Bob sie für seine Wanderungen zu Emmys Laden benutzte.

Von da an, seit diesem wirklich heißen Augusttag, war der Hund immer zur Stelle, wenn Bob in den Ort kam. Er war einfach da, wie von Geistern gerufen erschien er, manchmal lief er bereits hinter dem Mann her, bevor der den Ort erreichte, oft sprang er aber auch aus einer der Nebenstraßen heraus, als ob er zu spät dran sei, und reihte sich hinter ihm ein.

Meist lief er im gewohnten Abstand hinter Bob, es kam aber auch vor, daß er ihn auf der gegenüberliegenden Straßenseite begleitete und erst herüberwechselte, wenn Bob nach Emmys Laden abbog. Da saß er dann im Gras, bis Bob wieder rauskam. Hatte der anschließend noch Lust auf einen Kaffee bei Willey, sah ihm der Hund das an, noch bevor er die Richtung dahin eingeschlagen hatte, lief voraus und ließ sich an der Einfahrt zu Willeys Lagereinfahrt nieder, so weit zurück, daß zumeist nur seine Schnauze zu sehen war, wenn man von Willeys Treppe zu ihm rüberblickte.

Die ganze Gemeinde, zumindest der westliche Teil davon, denn dort spielte sich das Ganze ab, rätselte darüber, was man von der Sache halten sollte und was wohl in den Hund gefahren war, daß er sich so seltsam aufführte und den alten

Mann auf Schritt und Tritt verfolgte. Wie kriegte das Tier so schnell mit, daß Bob wieder mal im Ort unterwegs war, denn der Hund war auch sogleich zur Stelle, wenn der Alte vorher tagelang nicht mehr in den Straßen gesehen worden war.

Bob hatte mit dem Hund nichts am Hut; auf keinen Fall waren die beiden, worüber auch schon spekuliert wurde, vorher irgendwie bereits mal zusammengewesen, da waren sich bald alle einig. Meistens kümmerte Bob sich nicht um ihn, doch wenn's ihm zu bunt wurde, jagte er ihn weg, zumindest versuchte er das, drohte ihm mit der Faust oder ging auf ihn los, wobei er mit hoher Stimme, soweit davon was zu verstehen war, alle möglichen Verwünschungen und Flüche ausstieß. Der Hund wich, was er sonst vor keinem tat, zurück, aber nur so weit, daß der Mann nicht an ihn herankam. Er zeigte nicht mal die Zähne, hielt Bob im Auge, auch bellte er nicht, was er sowieso kaum tat. Fast schien es, als ob er ein bißchen in sich zusammensackte, sich ein bißchen klein machte, so eine Art Unterwerfungshaltung.

Genau das sei es, verkündete Arthur Cunningham, der sich mit Wölfen auskannte, weil er irgendwann welche gejagt hatte, genauso verhielten sich Wölfe vor anderen Wölfen, die im Rudel einen höheren Rang hätten.

Ja, schön und gut, hieß es, aber warum sollte der Hund, der sonst vor niemandem Angst zeigte, gerade vor dem alten Mann einen Rückzieher machen und ihm nicht an die Gurgel fahren? Darauf wußte auch Arthur Cunningham keine schlüssige Antwort, außer, daß der Hund in Bob vielleicht so was wie einen Leitwolf sah und deshalb hinter ihm herrannte und sich ihm andiente, vielleicht sei der Hund ja ein verkappter Wolf, dem das Rudel abgehe, denn schließlich sei er ja immer nur alleine unterwegs und das schon ewig lange. Oder habe ihn schon jemand mit einem anderen Hund zusammen gesehen? Nein, keiner hatte ihn je mit einem anderen Hund angetroffen, er war ein richtiger Einzelgänger, und das wäre wiederum ganz untypisch für Wölfe, meinte Arthur Cunningham weiter, das gäbe es zwar auch, doch Wölfe wären Rudeltiere, lebten und jagten im Rudel mit strenger Hierarchie. Wenn es mal Einzelgänger gäbe, dann wären das aus dem Rudel ausgestoßene Tiere, meist alt und griesgrämig, mit denen das Rudel nichts mehr zu tun haben wollte.

Daß Bobs Hund noch nie so geheult und gejault hatte wie Wölfe, sei eigentlich der Beweis dafür, daß sie es hier mit keinem richtigen Wolf zu tun hätten, wandten ein paar Leute ein. Andererseits wäre natürlich ein Stückchen Wolf noch in jedem Hund drin, denn sie alle stammten doch vom Wolf ab, selbst noch die kleinsten und harmlosesten Exemplare. Und überhaupt, der fragliche Hund oder Wolf sei schließlich ein Rüde, wahrscheinlich gehe so mancher Wurf hier in der Gemeinde auf seine Rechnung, warum auch nicht, denn es sei bekannt, daß sich Wölfe, falls der hier überhaupt einer sei, bei passender Gelegenheit mit Haushunden kreuzten, wenn sie diese nicht vorher totbissen, was öfter vorkäme. Am Ende einigte man sich darauf, daß Bobs Hund wohl ein ziemlich naher Verwandter vom Wolf sein mußte, zwar kein richtiger Wolf, aber daß es trotzdem besser war, ihn in Ruhe zu lassen.

Und das mit Bob war dessen ureigene Angelegenheit, das ging sonst keinen was an, der sollte selbst zusehen, wie er mit dem Hund klarkam, der immer um ihn herum war, auch wenn er ihn nicht bei sich haben wollte, ihn weiterhin wegzujagen versuchte, ihn mit immer gröberen Flüchen belegte, inzwischen auch schon mal einen Stein oder einen Holzknüppel nach ihm warf, ohne ihn auch nur einmal zu treffen. Nein, gut behandeln tat er ihn wirklich nicht, trat sogar hin und wieder nach ihm und wäre wohl nie auf die Idee gekommen, ihm was zu fressen auf den Weg zu werfen.

Das alles hielt den Hund nicht davon ab, stoisch hinter Bob herzurennen, wenn der im Ort auftauchte. Keiner verstand das, keiner konnte sich erinnern, von so einer verdammt merkwürdigen Sache je was gehört zu haben. Bobs Grobheiten und Ausfälle schienen dem Hund nichts anzuhaben, im Gegenteil, man gewann fast den Eindruck, daß sie ihn noch enger an den Mann banden, ihn noch anhänglicher machten. Auch Arthur Cunningham schüttelte ein übers andere Mal den Kopf, wußte keine Erklärung für das sonderliche Gebaren des Tieres.

Allmählich wuchs dann Gras über die Sache, weil es immer so weiterging mit Bob und dem Hund. Man erblickte die beiden im Gänsemarsch durch die Straßen marschieren, wenn Bob im Ort war, und dachte sich nichts mehr dabei. Lief der Hund alleine herum, wußte jeder, daß mit Bob an dem Tag nicht zu rechnen war.

So gingen die Wochen und Monate dahin, ohne daß die beiden in irgendeiner Weise besonders auffällig wurden. Bis zu diesem verfluchten Montag im heißesten Juli seit langem. Den Tag vergaß keiner mehr, der den Vorfall miterlebte. Auf einmal lag Bob der Länge nach am Boden, nicht weit weg von Emmys Laden, vielleicht fünfzig Schritte, so auf halber Strecke zur Hauptstraße hin. Zuerst glaubte man, er sei gestolpert und gestürzt, habe sich wehgetan und werde wohl gleich wieder aufstehen und den Hund wegjagen, der wie immer bei ihm war. Aber nichts dergleichen geschah. Bob blieb liegen und rührte sich nicht mehr von der Stelle, den Kopf zur Seite gedreht, in Richtung der Bäume, die da standen.

Der Hund beschnüffelte ihn kurz, nachdem er minutenlang zu ihm hingesehen hatte, richtete sich wieder auf, drehte sich um sich selbst und legte sich dicht bei Bob hin und beobachtete die Leute, die sich inzwischen angesammelt hatten. Als Bob auf Zurufe nicht reagierte, wollte ein Mann nachschauen, was mit ihm war, sprang aber gleich wieder erschrocken zurück, nachdem der Hund mit aufgerissenem Maul wütend auf ihn losgegangen war. So hatte ihn noch keiner erlebt, so böse, so angriffslustig. Daß man ihm grundsätzlich nicht zu nahekommen durfte, wußten alle längst, doch das hier war was anderes, da mußte was anderes vorgefallen sein. Ganz sicher hing es mit Bob zusammen, denn der rührte sich nicht, lag unverändert auf dem Weg.

Bob sei vielleicht tot, tönte Ron Ballister, der mal aus sicherer Entfernung von der Seite her nach Bob gesehen hatte. Bobs Mund stünde offen, das sähe nach tot aus, da wäre er sich fast sicher, man sollte endlich den Doc holen.

Doc Jefferson bahnte sich bald darauf einen Weg durch die stetig anwachsende Menschenmenge, sein zerknittertes schwarzes Tuchköfferchen mit beiden Händen vor sich hinhaltend. Obwohl eher schmächtig von Gestalt, galt er gemeinhin als ziemlich furchtlos. Doch auch er stob davon, als der Hund auf ihn losfuhr, begleitet von einem raubtierhaften Laut, wie ihn zuvor noch niemand von einem Hund gehört hatte.

Also doch ein Wolf, äußerte sich Arthur Cunningham triumphierend, er hätte es doch gleich gesagt. Ein weiterer Versuch wurde gestartet, an das Tier ranzukommen, und zwar von einer spindeldürren älteren Frau, die vorgab, sich mit Hunden bestens auszukennen, davon hätte sie genügend in ihrem Haus großgezogen. Sie hatte ein weites, bei jeder Bewegung wehendes gelbes Kleid an, und als sie damit auch nur einen Schritt auf den Hund zumachte, sprang der so wild hin und her, daß sie, als sie sich entsetzt rückwärts wandte, auf die Erde fiel, was den Hund nur noch wütender machte.

Sengend stand die Sonne über dem Ort, und Bob lag ohne Schatten in der brütenden Hitze auf dem glühendheißen Sand des Weges. Die ersten Frauen fingen an, sich frische Luft ums Gesicht zu wedeln. Es müßte was geschehen, und zwar ziemlich rasch. Wenn er tot sei, dann wüßte doch jeder, was die Sonne mit ihm anrichten könnte, dann würde man bald was riechen von ihm. Und falls noch ein Funken Leben in ihm wäre, dann würde der wohl bald ausgeblasen sein, wenn man ihn nicht schnellstens da fortschaffte.

Ein paar der Männer wollten gerade ihr Gewehr oder ihren Revolver holen, denn anders wäre die Angelegenheit wohl nicht zu regeln, auch wenn es schade um das Tier wäre. Doch da fuhr schon Sheriff Hollister vor, nach dem zwei Jungen geschickt worden waren, der gleich seinen Deputy mitgebracht hatte. Dann ging alles ziemlich schnell. Hollister ließ sich kurz erzählen, was passiert war, holte sein Gewehr aus dem Wagen und herrschte die Leute an, sie sollten ein Stück zurückgehen, sich auf jeden Fall hinter ihm aufhalten.

Als der Hund sah, wie sich der Mann aus der Menge löste und langsam zwei, drei Schritte auf ihn zukam, zeigte er wieder die Zähne, erneut gab er diesen dumpfen, merkwürdigen Laut von sich, doch er ging nicht auf Hollister los, er verharrte auf der Stelle und fing ein rasendes Bellen an, als ob er tollwütig sei, duckte sich vorne runter wie zum Sprung. Am Maul zeigte sich weißlicher Geifer, der in Flocken abtropfte. Auch schien er arg unter der Hitze zu leiden, denn die Zunge hing ihm weit heraus.

Da sei nichts zu machen, rief Hollister nach hinten, jeder sehe das, hob das Gewehr und feuerte einen Schuß auf das Tier ab, das von der Wucht der Kugel nach hinten gerissen wurde und dann auf die Seite sank. Das Bellen war mit dem Schuß verstummt, dafür jaulte der Hund jetzt leise, hob den Kopf nach dem Sheriff, der an ihn herangetreten war und aus der Nähe einen zweiten Schuß auf ihn abgab, worauf der Kopf des Tieres in den Sand fiel.

Bob war wirklich tot, mausetot, und es wurde höchste Zeit, daß er aus der Sonne weggetragen wurde. Der Schlag hatte ihn getroffen, notierte Doc Jefferson, einfach so, er konnte nichts anderes feststellen bei Bob, nichts weiter, keine Verletzungen, nichts, was ihm irgendwie verdächtig vorgekommen war. So könnte man gut sterben, so schlecht wäre das nicht, da gäbe es eine Menge schlimmerer Möglichkeiten. Er hatte auch noch einen kurzen Blick auf den toten Hund geworfen, bevor er sich wieder verzog. Ein bißchen Wolf sei da wohl drin, und entweder zerrissen die einen oder sie brächten sich für einen um. Er wüßte von einer Sache, da sei einer noch monatelang zu der Stelle gelaufen, wo sein Leitwolf, in dem Fall ein ganz verhutzeltes Männlein, verbuddelt lag, und das Loch war wirklich tief genug, wo sie den versenkt hatten.

Zwei Tage später wurde Bob begraben. Nicht auf dem Hauptfriedhof, der im Osten der Gemeinde lag, sondern auf dem kleinen, sandigen Friedhof im Westen, gut zwei Meilen vom Ortsrand weg und fast genauso weit von der Straße, die Bob immer gegangen war. Er hieß auch nicht Bob, sondern Marvin und weiter Sanders, Marvin Sanders, stammte aus dem Norden. Und für den kleinen Friedhof hatte er sich ein Grab gekauft, schon vor etlichen Jahren, was kaum einer wußte, mit Sarg und allem Drum und Dran.

Gar nicht so wenige Leute waren da, als er unter die Erde gebracht wurde, mindestens drei Dutzend oder sogar noch mehr. Es war genauso heiß wie an dem Tag, als er starb, und der Wind trieb Sandwolken über den Friedhof in die angrenzenden Wiesen. Den Hund gaben sie ihm mit ins Grab. Nicht in den Sarg, das war verboten, der hätte auch überhaupt nicht zu ihm noch reingepaßt. Ein paar Männer hatten das Tier in einen Sack eingenäht und legten es am Ende, als Pfarrer Wesley bereits gegangen war, auf den Sarg. Auch das sei verboten, meinten noch einige, die dabei zuschauten, doch in Windeseile hatte Pete Baker, der dafür zuständig war, ohne sich um was zu kümmern, das Grab bald zugeschaufelt.

Nach einigen Tagen steckte ein Holzkreuz am Kopfende des Grabes im Erdreich, ziemlich grob zusammengehämmerte Bretter, doch es waren Eichenbretter, nicht das übliche Fichtenholz. Natürlich stand darauf sein wahrer Name. So richtig alt war er wirklich nicht, als er starb, denn da war er gerade mal zweiundsechzig. Unter seinem Namen hatte man noch „Bob" hingeschrieben, so wie die Leute ihn immer nannten, auch wenn er nie darauf gehört hatte.

Niemand kümmerte sich groß um das Grab, aber hin und wieder standen ein paar Blumen darauf, die aussahen, als ob Frauenhände sie dorthin gestellt hätten. Meist war es jedoch von verdorrtem Gras und Disteln überzogen. Irgendwann sackte das Kreuz ein Stück zur Seite, fiel aber nicht um. Keiner richtete es wieder auf, doch so schief, wie es jetzt stand, hielt es noch eine ganze Reihe von Jahren durch. Nur die Schrift machte nicht lange mit, schon nach dem zweiten Sommer war nichts mehr von ihr zu sehen.

„Landunter"

(Zu den in nordfriesischem bzw. norddeutschem Dialekt geführten Dialogen gibt es auf den Seiten 228 und 229 zu den wesentlichsten Wörtern bzw. Begriffen eine Gegenüberstellung zu ihren hochdeutschen Entsprechungen. Der Autor ist zuversichtlich, daß sich auch dem nicht der nordischen Dialekte kundigen Leser im Kontext der Erzählung sowohl Inhalt als auch Atmosphäre der wörtlichen Reden ohne allzu große Mühe erschließen.)

In diesem Jahr schlug das Wetter schon um, kaum daß der September vorbei war, der bereits ordentlich Regenwolken übers Land getrieben hatte. Kein Wunder, daß die Bauern auf den Marschhöfen, wenn man sie darauf ansprach, bedenklich mit den Köpfen wackelten, denn das verhieß meistens nichts Gutes für den Rest des Jahres. Und so kam es dann auch. Schon im Oktober wurden Flutstände abgelesen, wie sie in normalen Jahren sonst frühestens im Dezember auftraten.

Die erste Sturmflut rollte, was keinen mehr richtig wunderte, denn auch bereits eine Woche vor Ende Oktober auf die Küste zu und bescherte den Halligen das erste Landunter, ohne jedoch nennenswertes Unheil anzurichten. Was auffiel, war der viele Nebel, der zäh an den Festlandsdeichen hing, sich oft übers Watt bis zu den Inseln und Halligen hinzog und sich tagelang nicht lichten wollte. Die Sonne machte sich rar, tagsüber herrschte ein tristes gelbliches Licht, aus Nordwest jagten die Stürme, einer hinter dem anderen, über die See und das mit einer Hartnäckigkeit und Ausdauer, wie man das schon lange nicht mehr erlebt hatte und alle sich fragten, was davon zu halten sei.

Bei den Seeleuten heißt es, daß jede siebte Welle ein Stück höher ist als die sechs davor. Und wenn der Sturm nicht aufhört, sagen sie, wenn er über den ganzen Tag und die ganze Nacht anhält, dann ist ein Kaventsmann darunter, so eine besonders große Welle, so ein Ungetüm, wobei davon das Schiff nicht untergeht, manchmal schon, doch das ist eher selten, aber so ein Kaventsmann rüttelt den Kahn ordentlich durch, und jeder sollte sich vorsehen und nicht so einfach auf dem Deck herumlaufen bei schwerem Wetter.

Mit den Sturmfluten war das in diesem Jahr so ähnlich wie bei der siebten Welle, aber nur beinahe, denn es war die sechste in dem anstehenden Winter, die sich in die besonderen Register und Berichte über Katastrophenfluten zumindest nicht ganz hinten eintragen lassen wollte.

Gut, alle Zutaten für eine kräftigere Springflut waren angerührt, Neumond, Nordwest mit Orkanstärke, aber das war ja an sich nichts Neues, das wußte jedes Kind an der Küste. Das bißchen Verluste an Lahnungen und Buhnen, das Hochlecken des zu weißem Schaum geschlagenen Wassers an den Deichen bis zum letzten Höchstwasserstand beunruhigte die Leute nicht weiter. Und Landunter bei den Halligen gab's ja auch öfter, die Sommerdeiche kriegten dabei schon mal was ab, doch das regte dort keinen sonderlich auf, außer vielleicht die Handvoll Gäste, die es verpaßt hatten, beizeiten die Koffer zu packen und nun festsaßen und das Ganze zum ersten Mal miterlebten.

Aber so einfach war's dann auch wieder nicht, damit war es diesmal nicht getan, die Sache lief nicht wie üblich ab. Die sechste Sturmflut hatte weit Schlimmeres vor, jedenfalls mit den Halligen, ganz besonders aber mit Uthoog, denn die liegt sowieso gut einen halben Meter tiefer als die anderen Halligen. Und als ob das nicht schon kritisch genug war, hatte es mit den dringend notwendigen Aufwarftungen obendrein noch eine Menge Ärger gegeben, weil Material nicht rechtzeitig vom Festland rüberkam und das Deichamt zu wenige Männer schickte. In einer Woche reiste sogar nur die Hälfte von ihnen an, weil im Marschland die Grippe grassierte. Man war gehörig in Rückstand geraten, und nun standen die schlechten Monate an, da war man nie vor Sturmfluten und Landunter sicher. Weiterarbeiten war völlig unmöglich, viel zu gefährlich auch, ein einziges Landunter, nicht mal ein schweres, konnte alle Arbeit im Nu zunichte machen. Nein, das war klar, erst im nächsten Frühjahr würde es weitergehen können.

Besonders die Kirchwarft, bei der überhaupt noch nichts gemacht worden war, verursachte große Sorgen, denn die zeigte an einer Stelle eine Absenkung in der Randzone, ganz hinten im Friedhofsbereich, hinter der Grabplatte, unter der einige der Uthooger Pastoren begraben liegen. Das mußte ganz plötzlich passiert sein, denn der Pastor hatte das erst vor ein paar Tagen mitgekriegt, weil er eher selten in den etwas düsteren Teil des Friedhofs ging. Der war mittlerweile ein bißchen verwildert, weil die letzten Beerdigungen in dieser Ecke ziemlich lange zurücklagen und nur selten einer nach den Gräbern dort schaute.

Vielleicht hätte es ja ein normales Landunter mit den normalen Schäden bewenden lassen, mit dem üblichen Kram eben, mit Flüchen und Verwünschungen beim Abwarten und Zusehen, und mit der anschließenden Schufterei beim Leerlaufen der Hallig, die meistens dann doch noch so viel Zeit ließ, schnell schon mal Richtung Westdeich zu laufen und nach Strandgut zu sehen und für sich klarzumachen. Der ersten Hand, die das Zeug da draußen anfaßte, gehörte es ab dieser Sekunde, da gab's klare Regeln.

Doch es kam ganz anders, es gab nicht nur ein Landunter, sondern gleich drei oder vier nacheinander, weil der Nordwest einfach nicht schwächer werden wollte. Die Halligen liefen nicht mehr leer, nicht mal bei Ebbe, und schon war die nächste Flut da und drückte das gerade mal bis zur Hälfte abgelaufene Wasser wieder zurück, so daß tagelang kaum einer von seiner Warft runterkam. Auf Uthoog war's besonders arg. Selbst mit Wathose und Stecken war's da zu gefährlich, weil das Wasser einfach zu hoch stand und der Sturm die Wellen mit solcher Gewalt über die Hallig fegte, daß es auch dem kräftigsten Kerl die Beine weggerissen hätte. Und das wär's dann gewesen, niemand hätte helfen können.

Aber damit nicht genug, es kam noch dicker. Auf Uthoog geschah etwas, womit keiner gerechnet hatte, auch die Alten nicht, und die waren nun wirklich eine Menge gewöhnt.

*

Kaum daß es ein wenig heller wurde, ging bei Peter Jochimsen das Telefon. Der Uthooger Pastor war dran, Ole Wittensen. Sie kannten sich flüchtig, Wittensen kam aus einem Nachbardorf, war eine Portion jünger als Jochimsen, bei der freiwilligen Feuerwehr waren sie sich kurz über den Weg gelaufen. So richtig näher kannten sie sich nicht, aber Wittensen hatte wohl irgendwie seine Telefonnummer in die Finger bekommen und klang reichlich aufgedreht.

„Haben Sie schon gehört? Wir sind hier ziemlich übel dran."

Jochimsen war noch nicht ganz wach. „Was ist los, Pastor? Warum rufen Sie mich am Sonntag in aller Herrgottsfrühe an und holen mich aus dem Bett? Wo brennt's?"

Zwar wußte er von den Sturmfluten der letzten Tage, auch jetzt heulte der Wind wieder ums

Haus herum, doch bislang war nichts Außergewöhnliches passiert, also kein Grund, den Wilden zu spielen. Von der anderen Seite hörte er heftiges Atmen:

„Die Kirchwarft wurde überspült, ganz Uthoog, aber ich hier am meisten. Die Kirche steht unter Wasser." Pastor Wittensen schien nach Luft zu schnappen, um weiterreden zu können. Die Telefonverbindung schwankte, Jochimsen vernahm nur Wortfetzen.

„Kirche unter Wasser? Was sagen Sie da?" Jochimsen sprach über das abgehackte Gestammel aus dem Hörer hinweg. „Was ist mit Ihrer Warft, was ist passiert?" Noch immer war der Pastor nicht zu verstehen.

„Sind Sie in Lebensgefahr, Pastor? Ihre Familie, was ist damit? Und die anderen Warften, was ist mit denen? So reden Sie doch!"

Die Verbindung wurde besser. Und dann redete der Pastor. Die Kirchwarft hatte es voll erwischt, genau an der Stelle der Absenkung, hinter dem Pastorengrab. Zunächst ging's noch halbwegs gut, doch eine der nachfolgenden Fluten kam genau durch dieses Loch in der Warftkrone rein, riß die Lücke noch größer. Niemand konnte ihm beispringen, das Wasser stand selbst bei Niedrigwasser noch gut anderthalb Meter gegen die Warft an, dazu der anhaltende Sturm, das Schiff fuhr nicht mehr, bereits seit Tagen blieb der Anleger verwaist, und die Regenwolken hingen dick und undurchdringlich über der Hallig. Kein Hubschrauber wagte da einen Anflug, und was sollte der in der Situation auch schon ausrichten.

Die nächste Sturmflut, sie lief nachmittags so gegen vier Uhr heran, die war's dann, die auf der Kirchwarft alles kurz und klein schlug. Es war tatsächlich die sechste vor dem Jahreswechsel, eine Springflut. Sie kam fast ungebremst in den Friedhof rein und tobte sich dann auf der Warft aus, zuerst zwischen den Gräbern, dann nahm sie sich auch die Gebäude vor. Eine entsetzlich lange Zeit überschlugen sich die Wellen, krachten gegen die Grabsteine, gegen die Kreuze, unterspülten die Steine, die umsanken wie das Korn unter der Sense, nahmen die Holzkreuze einfach mit, als ob's Streichhölzer wären.

Zwei Gräber bereiteten Pastor Wittensen besonders großen Kummer, eines lag im vorderen Bereich, seitlich der Kirchentür, vor knapp einem halben Jahr angelegt, darin die gute Rieke Bengtsen dem Herrgott anheimgegeben, doch richtige Schweißperlen trieb ihm das Grab von Hinnerk Rensing auf die Stirn, denn den hatte er vor gerade mal dreieinhalb Wochen erst begraben, vielleicht zwanzig Schritte vom Pastorengrab weg. Dort hatte sich die Erde überhaupt noch nicht gefestigt, konnte leicht weggespült werden. Bei den großen „Mandränken" im siebzehnten und achtzehnten Jahrhundert hatte es Särge aus den Gräbern gerissen, das wußte er. Sollte sich das jetzt wiederholen? Trotz mehrfacher Aufwartungen, trotz Sommerdeich? Er verdrängte die fürchterlichen Gedanken, wollte sich nicht vorstellen, daß die Totenruhe auf diese schreckliche Weise gestört werden könnte.

Aus dem ersten Stock des Pfarrhauses hatte er dem Inferno hilflos zusehen müssen, war von einem Fenster zum anderen gerannt, während Frau und Kinder ganz oben unterm Dach ausharrten. Nichts blieb heil, nur die nackten Gebäude, das Pfarrhaus und die Kirche, ragten aus dem Wasser heraus. Doch ins tieferliegende Kirchenschiff strömte das Wasser rein, nahm seinen Weg durch die aus den Angeln geschlagene Tür, anfangs mit einer Geschwindigkeit wie bei einem geöffneten Sieltor. Wittensen konnte es durch die beschlagenen, regengepeitschten Fensterscheiben noch gut genug erkennen. Da war es wenig tröstlich für ihn, daß der Kirchenboden nicht befestigt war, keine Bretter, keine Steine, kein Beton, sondern nur Sand, purer Sand, manchmal fand sich sogar die eine oder andere Muschelschale darin, und das alles nur deswegen, damit das Wasser, wenn es denn käme, einfach versickern könnte. Doch so richtig hatte niemand mehr für möglich gehalten, daß eines Tages wirklich das Wasser wieder bis an die Kirche vorstieße. Zuletzt gab's das mal vor über zweihundert Jahren.

Doch jetzt war das Meer da, es war gekommen, das Wasser stand mindestens einen halben Meter hoch im Kirchenschiff. Das mit dem Versickern würde wohl ein Weilchen auf sich warten lassen, denn noch immer drückte das Wasser in die Kirche rein, und Pastor Wittensen betete, daß die See wenigstens die Mauern verschone und das Gotteshaus nicht zum Einsturz brachte. Mit dem Wasser wollte er, wenn denn alles vorbei war, schon fertig werden.

Aber es war noch nicht alles vorbei, als er am Fenster gestanden hatte, die Flut führte noch Ärgeres im Schilde. Erneut schwankte die Telefonverbindung, doch Jochimsen hörte trotzdem, wie des Pastors Stimme einen seltsamen, hohen Ton annahm.

„Zwei Särge wurden freigelegt." Dann kam erst mal nichts mehr. Jochimsen lauschte in den Hörer. Anhaltendes Krächzen, dann wieder der Pastor: „Ein Sarg, der vom neuen Grab, wurde herausgespült. Es war ganz fürchterlich, es ist ganz schrecklich."

Jochimsen begann sich zu ärgern. „Das ist schlimm, Pastor, klar, das ist nicht schön. Aber was kann ich da machen, wozu rufen Sie mich da an? Können Sie das nicht mit Ihren Leuten auf der Hallig regeln, ich meine, den Sarg wieder rein ins Grab und dann zuschaufeln, das andere Grab gleich mit, wenn die Warft wieder trockengefallen ist?"

Nachdem erneut aus dem Telefon nur Krächzen und Brummen zu vernehmen waren, wollte Jochimsen gerade auflegen, als er wieder die Stimme des Pastors hörte. Der hatte wohl mit wachsender Verzweiflung und immer lauter nach ihm gerufen.

„Wieder da, Pastor? Das ist ja eine hundsverdammte Telefonverbindung, man sollte ..."

Pastor Wittensen ließ Jochimsen nicht ausreden. „Der herausgespülte Sarg war leer."

Jochimsen traute seinen Ohren nicht, hörte, wie der Pastor sich räusperte und dann weiterredete: „Ich habe es mit eigenen Augen genau gesehen. Der Sarg von Hinnerk Rensing war leer, er hat da nicht dringelegen. Es ist so schrecklich, so unfaßbar schrecklich."

Und dann erfuhr Jochimsen, daß der Sarg wohl tatsächlich vom Wasser aus dem ziemlich frischen Grab herausgeschwemmt worden war, Richtung Westwand der Kirche trieb, auf dem Weg dorthin mehrfach ein paar Bäume rammte und zuletzt ein paarmal so heftig gegen den großen Ahorn, der an der Grenze zwischen Kirche und Pfarrhaus stand, geschmettert wurde, daß das Holz zersplitterte, der Sargdeckel sich an einer Seite hob und dann von der Wucht des Wassers völlig weggerissen wurde. In diesem furchtbaren Augenblick hätte er zufällig zum Friedhof geschaut, er hätte alles mitgekriegt, hätte genau beobachtet, daß der Sarg leer war, vollkommen leer, so wahr er Ole Wittensen heiße und Pastor von Uthoog sei. Er könne sich das alles nicht erklären, begreife das Ganze nicht, er sei nicht imstande, noch einen einzigen klaren Gedanken zu fassen. Er habe den alten Hinnerk Rensing doch selbst eingesegnet, habe ihn doch selbst beerdigt, es sei ein schöner Tag gewesen, daran erinnere er sich noch gut. Und jetzt das. Der Sarg leer, der Tote verschwunden. Wie könnte das sein, er begreife das alles nicht. Er sei doch nicht verrückt.

Jochimsen überlegte, ob der Pastor vielleicht doch ein bißchen daneben war mit den Nerven. Tagelanges Landunter, eingeschlossen auf einer Warft, so hatte er erfahren, legte rasch die Nerven blank, selbst bei Leuten, bei denen man das eigentlich nicht erwartete. Ein leerer Sarg? Auf Uthoog? Halligleute waren manchmal seltsam, erzählte man sich auf dem Festland. Andererseits, Wittensen war so furchtbar lange noch nicht auf Uthoog. Vielleicht sechs oder sieben Jahre. Aber immerhin.

„Könnte doch sein, daß der Tote von der See mitgerissen wurde, daß Sie das eben nicht mitgekriegt haben", rief Jochimsen in den Hörer, „so könnte das doch passiert sein. Vielleicht wird der Körper an der nächsten Warft angetrieben, vielleicht …"

„Nein!" schrie auf der anderen Seite der Pastor, „nein! Der Sarg war leer, als der Deckel abgerissen wurde. Ich schwör's bei allem, was mir heilig ist, er war leer, leer, leer!"

Fieberhaft überlegte Jochimsen, was jetzt zu tun war, wie er mit dem aufgeregten Pastor, der offenbar kurz davorstand, mächtig durchzudrehen, weiter verfahren sollte.

„Wo ist das Wasser jetzt bei Ihnen, Pastor, wie hoch steht es noch auf Ihrer Warft?"

„Wir haben Niedrigwasser", ließ sich nach quälend langer Stille Pastor Wittensen vernehmen, er klang wieder etwas ruhiger, „ich kann raus, kann auf der Warft umherlaufen, mit Wathose und Stock, aber alles steht noch unter Wasser."

Es hörte sich an, als ob er aufschluchzte. „Es ist alles so schrecklich, ganz furchtbar!"

„Und der Sarg, wo ist der beschädigte Sarg, in dem der Tote fehlt, wo ist der?"

„Der liegt auf der Treppe, auf der Außentreppe, ganz oben, ich habe ihn raufgezogen, da liegt er nun. Auch der Sargdeckel liegt dort, ich habe ihn gefunden, er hatte sich in Sträuchern verfangen. Ach, wie ist das schrecklich, wie furchtbar!"

„Und die anderen Warften, die Hallig, haben Sie immer noch Landunter, trotz Niedrigwasser?"

„Immer noch Landunter, nicht hoch, aber keiner geht raus, immer noch starke Strömung, zu gefährlich."

Die Verbindung brach ab, blieb sekundenlang weg, dann war der Pastor wieder da.

„Was soll ich tun, Herr Jochimsen, was soll ich tun?"

„Haben Sie mit den anderen Warften Kontakt, haben Sie mit denen schon telefoniert?"

„Nein, das geht nicht, ich kann nur zum Festland anrufen, von den übrigen Warften bin ich abgeschnitten. Die anderen Warften sind weniger beschädigt als die Kirchwarft, soweit ich das mit dem Fernglas erkennen konnte."

Jochimsen überlegte kurz. Lebensmittel waren noch für gut zwei Wochen auf der Warft, hatte

Wittensen in seinem ersten Redeschwall noch erwähnt.

„Hören Sie", rief Jochimsen in den Telefonhörer, „ich schicke Ihnen Hauptwachtmeister Holthaus rüber, Jasper Holthaus, sobald das Schiff wieder fährt. Holthaus kommt mit dem ersten Schiff." Jochimsen lauschte auf eine Reaktion.

„Hören Sie mich, Pastor? Hauptwachtmeister Holthaus kommt mit dem ersten Schiff. Hören Sie?"

„Ja", schrie Pastor Wittensen gegen die immer schlechter werdende Verbindung an, „Herr Holthaus kommt ..."

Dann brach die Verbindung vollständig zusammen.

*

Das Fährschiff nahm den Betrieb schneller auf, als viele erwartet hatten. Zwar hingen die Wolken noch immer tief, kein Sonnenstrahl schaffte es bis zur Erde, es stürmte auch weiter, mal stärker, mal schwächer, doch zumindest blieben die Sturmfluten aus; für wie lange, wußte niemand.

Nur wenige Leute waren an Bord, vielleicht anderthalb Dutzend, und die hockten unter Deck und steckten die Köpfe zusammen. Nur ab und zu blickte einer auf, drehte sich jemand kurz um und sah zu Jasper Holthaus hinüber, der alleine an einem der Tische saß und in Prospekten und Katalogen der Reederei blätterte, die das Schiff betrieb. Noch bevor Holthaus mal mit dem Kopf nicken oder sonstwie eine Art Begrüßung an eines der fremden Gesichter signalisieren konnte, hatte man sich schon wieder von ihm abgewandt. Sie alle waren mit ihm gemeinsam an Bord des leeren Schiffes gegangen, das sich nach dem katastrophalen Landunter zu seiner ersten Fahrt aus dem schützenden Hafen herauswagte.

Eine Stunde sollte die Überfahrt dauern, doch da sie gegen den Strom fuhren, auch gegen einen immer noch ruppigen Wind aus Nordwest, richtete sich Holthaus auf eine längere Fahrtzeit ein. Er kannte Uthoog, aber nur flüchtig. Von der Schule gab es mal einen Ausflug dorthin, das galt sozusagen als Pflichtbesuch, danach war er nicht mehr dort. Ihn zog es nicht zu diesen winzigen Erhebungen im Meer hin, er konnte mehr mit den Inseln anfangen, da war mehr Betrieb, mehr Leute, da fiel man nicht so auf, auch im Winter nicht, wenn fast alle Gäste verschwunden waren.

Das Schiff bewegte sich nicht viel, rollte nur leicht von einer Seite zur anderen. Im ziemlich flachen Wattenmeer konnten sich einfach keine Riesenwellen aufbauen. Trotzdem hielt Holthaus die Kaffeetasse fest, bis er sie ausgetrunken hatte.

„Leerer Sarg?" hatte er nachgefragt, als Hauptkommissar Jochimsen eine Besprechung ansetzte und ihn über die Sache auf Uthoog informierte, „leerer Sarg?"

„Ja, der Pastor behauptet das jedenfalls. Er hätte das gesehen, mit eigenen Augen. Aber", fuhr Jochimsen fort, „ich habe da meine gehörigen Zweifel. Sehen Sie sich das mal an, Holthaus, vielleicht ist der Pastor doch ein bißchen mit den Nerven runter. Der Mann ist zwar noch nicht so furchtbar alt, aber man weiß nie, die Hallig soll jeden schaffen, irgendwann dreht jeder dort mal durch. Halligkoller. Und erst recht nach dem tagelangen Landunter. Bestimmt nicht einfach." Jochimsen wiederholte sich: „Bestimmt nicht einfach."

Holthaus überlegte, kramte in seinem Gedächtnis. „Nekro ..., da gibt's doch was, so irre Leute, die sich an Tote ranmachen, wie nennt man das noch gleich?"

„Nekrophilie", belehrte Jochimsen, „das vergessen Sie mal gleich wieder, Holthaus. Sexuelle Fixierung auf Tote, Todessehnsucht oder so etwas Ähnliches jedenfalls. Und das auf Uthoog? Bei den paar Leuten, die da wohnen? Außerdem geht es um einen Mann, einen älteren Mann. Also, das fällt wohl aus, das ist wohl so gut wie ausgeschlossen."

Bevor Holthaus etwas erwidern konnte, fuhr Jochimsen fort: „Wenn's da so zugegangen ist, wie der Pastor erzählt, dann kann der Tote tatsächlich rausgeschwemmt worden sein, dann ist der von der Kirchwarft runtergespült worden, ist vielleicht sogar längst auf hoher See. So etwas ist ja schon vorgekommen. Der lag ja noch nicht so lange dort, drei Wochen, sagte der Pastor. Da schwimmt ein Körper wohl noch auf. Also,

Holthaus, sehen Sie sich mal um beim Pastor und auf der Hallig. Vielleicht ist der Tote noch auf der Hallig, doch dann wird man ihn hoffentlich rasch finden."

Jochimsen studierte das rundliche Gesicht des Hauptwachtmeisters, überlegte, wie alt er wohl sein mochte. Anfang dreißig taxierte er ihn, der Mann ließ sich schwer einschätzen, obwohl er ihn schon eine Weile einsetzte, hatte ihn aus dem Betrugs-Dezernat übernommen. Kein schlechter Mann, aufgeweckt, vielleicht ein Spur zu zögerlich, überlegte um viele Ecken herum, kehrte öfter mal an Tatorte zurück, auf eigene Faust, wenn man bei einem Fall nicht weiterwußte und der fürs erste ruhendgestellt wurde.

„Unangenehme Sache das Ganze, Holthaus, ich weiß. Doch wir müssen dem kleinsten Verdacht nachgehen, alle Zweifel ausräumen. Also bringen Sie's hinter sich, sobald das Schiff wieder fährt. Ist wahrscheinlich gar nicht so kompliziert, wie es jetzt aussieht."

Holthaus wirkte unschlüssig.

„Dort gibt es noch immer keinen Polizisten, keine Wache?"

„Nein, Polizei brauchen sie dort nicht, wenn was passiert, kommt ja keiner weg, verstecken kann sich auch niemand."

„Das heißt, ich bin dann der einzige Polizeivollzugsbeamte auf der Hallig?"

„Ganz recht, junger Mann", antwortete Jochimsen übertrieben jovial, „der einzige. Mit allen

Vollmachten und Befugnissen."

„Und wenn's da Schereien geben sollte, ich meine, wenn da doch irgendwas dran sein sollte, also nicht nur so davongeschwommen, der Tote, dann ...."

„....rufen Sie mich an", fiel ihm Jochimsen ins Wort, „die Festlandsverbindung stand sogar während der schlimmsten Sturmfluten der letzten Tage, sagte jedenfalls der Pastor. Dann kriegen Sie Verstärkung, vielleicht kann dann auch wieder der Hubschrauber landen. Sie werden sehen, daß das nicht nötig sein wird. Aber", Jochimsen zog die Brauen hoch, „natürlich nehmen Sie Ihre Dienstwaffe mit, ist doch klar. Und auch Handschellen."

Dicke, düstere Wolken trieben über die Hallig, als sie anlegten, doch es regnete nicht. Lange würde es nicht mehr hell bleiben, vom Festland her näherte sich bereits die Nacht. Holthaus war überrascht, daß sich die Schäden am Anleger offenbar in Grenzen hielten, er war auf Ärgeres gefaßt gewesen, nach allem, was er von den orkanartigen Sturmfluten der letzten Tage und Wochen erfahren hatte. Vielleicht doch alles nicht so dramatisch? Immerhin war aber der Fährbetrieb für eine beträchtliche Zeit unterbrochen gewesen. Wie einsame schwarze Burgen hoben sich die Warften gegen den Horizont ab. Sah schon merkwürdig aus, wie sie da so vereinzelt über das flache Land verstreut lagen, jede für sich, als ob sie mit den anderen nichts zu schaffen haben wollten.

Ohne Umschweife steuerte der Pastor auf den Neuankömmling zu, was ihm nicht schwerfiel, denn er kannte jeden der Leute, die vor Holthaus stumm das Schiff verließen, dabei kurz zum Pastor rüberschauten und die Hand hoben oder ihm zunickten. Hinter Holthaus rumorte es mächtig, denn drei oder vier Traktoren rollten von Bord, an jedem hingen zwei große Transportwagen, wohl vollbepackt mit allem, was die Halligbewohner dringend benötigten, vor allem Lebensmittel, wie er mitkriegte, bevor sie ablegten. Nach fast drei Wochen war es das erste Schiff, das wieder fuhr.

Die beiden Männer sahen sich zum ersten Mal, standen sich ein paar Sekunden wortlos gegenüber, bevor Holthaus das Schweigen brach und sich vorstellte. Er hatte sich inzwischen den Argwohn zueigen gemacht, der viele Polizisten irgendwann erfaßt und den sie nie mehr loswerden können. Sein gewinnendes Wesen täuschte leicht darüber hinweg, wenn er Menschen musterte und sie einschätzte und überlegte, mit wem er es wohl zu tun hatte. Die Leute „einnorden" nannte Jochimsen das, sprach überhaupt gerne von Himmelsrichtungen, wenn er etwas besonders verdeutlichen oder erklären wollte und hielt ziemlich viel von Holthaus, zeigte ihm das auch hin und wieder.

Sechs oder sieben Männer hatten im Gegenzug das Schiff bestiegen, das in wenigen Minuten zurückfahren sollte. Deutlich war der Schiffsmotor zu vernehmen. Holthaus lief rasch noch mal zum Anleger, um sich kundig zu machen, was für Männer das waren und vernahm vom Kapitän, daß sie alle auf der Hallig wohnten und dazu noch die Frage, warum er das überhaupt wissen wolle. Nachdem Holthaus sich ausgewiesen hatte, hellte sich das Gesicht des Mannes um eine Spur auf, behielt aber seinen argwöhnischen Ausdruck.

„Soso, na dann", näselte er, hielt einen Augenblick inne, betrachtete Holthaus mit schiefem Kopf von der Seite, schrieb die Namen auf ein Stück Papier und machte sich dann unverkennbar daran, mit dem Schiff in Kürze abzulegen, so daß der Polizeibeamte sich beeilen mußte, wieder auf den Anleger zurückzukommen.

Zur Kirchwarft ging's zu Fuß, vorbei an der Barkenswarft, an deren Ende ein schmales Sträßchen abzweigte und in einem leichten Bogen auf das düstere, von Bäumen nahezu verdeckte Pastorat und die eher kleine Kirche an seiner Seite zulief. Holthaus bekam bald nasse Füße, denn die Hallig war nach dem letzten Landunter noch nicht völlig leergelaufen, und an vielen Stellen leckte das Wasser in großen Streifen über die Straße. Pastor Wittensen trug Gummistiefel, an die Holthaus nicht gedacht hatte. Ein Auto besaß der Pastor auch, doch die Halligleute benutzten ihre Autos, die in erster Linie für Ausflüge aufs Festland gedacht waren, nur sehr ungern, wenn noch Meerwasser auf den Straßen stand, weil die Autos dann schneller rosteten.

Das alles erzählte ihm Wittensen in abgehackten Sätzen, er wirkte gehetzt, stierte vor sich hin auf die Straße und schaute nur selten zu Holthaus hinüber, während sie nebeneinander gingen. Den Rucksack des Polizisten streifte er mit einem schnellen Blick, sagte aber nichts dazu. Holthaus hatte genug damit zu tun, den ärgsten Pfützen auszuweichen, so daß ihre Unterhaltung eher spärlich ausfiel. Sie begegneten keinem einzigen Menschen auf ihrem Weg, und die Leute, die mit Holthaus das Schiff verließen, waren verschwunden und er hätte nicht mit Sicherheit sagen können, wo er sie aus den Augen verloren hatte. Hintereinander waren die Trecker mit ihren Anhängern an ihnen vorbei Richtung Hansenswarft losgefahren, der größten Warft, auf der auch der Halligkaufmann sein Geschäft betrieb, waren rasch kleiner und kleiner geworden.

Am Fuß der Kirchwarft verhielt Pastor Wittensen kurz, bevor sie nach oben stiegen. Als erstes bekam Holthaus den Friedhof zu Gesicht, und der sah wirklich nicht gut aus. Von den Gräbern waren nur mühsam noch Umrisse auszumachen, das Wasser hatte ganze Arbeit geleistet, beinahe die gesamte Fläche mit einer grauen Schlammschicht überzogen, aus der vereinzelt unkenntliche Grabsteine herausragten, keiner stand mehr gerade, viele waren umgestürzt.

Als Holthaus sich zur Seite wandte, schaute er geradewegs in die aufgerissenen Augen des Pastors, die ruhelos hin- und herflogen, und erst jetzt bemerkte er, trotz der aufkommenden Dämmerung, wie blaß das Gesicht des Mannes war. Seine Backenknochen mahlten, und hin und wieder zitterten die Lippen, auf denen die Andeutung eines Lächelns erschien, das aber sogleich wieder erstarb.

Die Zerstörungen auf dem Friedhof standen in einem auffälligen Gegensatz zu der offenbar im übrigen ziemlich unbehelligt gebliebenen Hallig. Soweit Holthaus feststellen konnte, hatten die Weidezäune, die Gatter und kleinen Brückchen und Stege keinerlei Schaden genommen. In den Maschendrähten hingen wie gezackte Fähnchen vom Wasser zurückgelassenes Gras und noch allerlei andere Pflanzenreste. Das war's aber auch schon, bis auf die großen Pfützen auf den Straßen, deren schwarzer Asphalt erstaunlich sauber wirkte und an vielen Stellen bereits abtrocknete. Eigentlich deuteten nur Kleinigkeiten auf die zurückliegenden schlimmen Stürme und die von ihnen verursachten Überflutungen hin.

Gut, Holthaus sah nur das flache Land ringsum, die Weiden und Viehtränken, die allesamt wenig Angriffsflächen boten. Nur die Warften stellten sich dem Wasser auf seinem Zug über die Hallig in den Weg, doch wenn sie intakt waren, wenn ihre Randhöhen stimmten, konnte normalerweise nicht viel passieren. Tatsächlich hatten die übrigen Warften kaum etwas abbekommen, wie Pastor Wittensen inzwischen wußte. Auf der Hansenswarft konnte er sich davon an Ort und Stelle überzeugen, nachdem das Wasser zurückgegangen war, mit den anderen Warften hatte er telefoniert, als die Leitungen wieder funktionierten.

Wittensen gab keine Ruhe und zog Holthaus, der immer noch den Rucksack trug, gleich noch mit auf den Friedhof, um ihm die beiden Gräber zu zeigen, denen die Flut besonders übel mitgespielt hatte. Sie lagen nebeneinander, Richtung Pastorengruft, im hinteren Bereich des Friedhofs, und das linke Grab, das von Boye Asmussen, hatte ein Gemeindearbeiter bereits wieder verfüllt; ihm war nichts anderes übriggeblieben, als den schweren, feuchten Schlamm auf die Schaufel zu nehmen, der große Teile des Friedhofs überzog und zahlreiche Trittspuren aufwies. Dieses Grab war vor etwas mehr als einem Jahr angelegt worden. Bis hinab zum Sarg hatte es das Wasser geschafft, ihn aber nicht an die Oberfläche holen können, und als Pastor Wittensen sich vor ein paar Tagen vom Fortgang der Arbeiten ein Bild machen wollte, glaubte er das Geräusch brechenden Holzes zu vernehmen.

Der Schritt des Geistlichen wurde zögerlicher, als sie an das zweite Grab herantraten. Es befand sich, bis auf das noch nicht gänzlich versickerte Wasser, in dem Zustand, in dem es die Flut zurückgelassen hatte, niemand hatte es seitdem angerührt, wie Wittensen versicherte. Zwar war die Öffnung nach allen Seiten weiter geworden, an einer der Schmalseiten zeigte sich zudem ein etwas größerer Abbruch, aber Holthaus vermochte sich trotzdem nicht vorzustellen, wie der Sarg herausgeschwemmt werden konnte. Er schaute sich um, doch es gab für ihn weiter nichts Ungewöhnliches zu entdecken, da war nichts, was irgendwie von Bedeutung hätte sein können. Bis vielleicht auf die erkennbaren Ausbesserungen an jener Stelle des Warftrandes, wo das Wasser sein zerstörerisches Werk begann. Stumm zeigte Wittensen dorthin und beschwor dann Holthaus flehentlich, mit ihm dafür zu beten, daß bis zur Fortsetzung der Aufwartungsarbeiten keine weitere verheerende Flut seine Kirchwarft heimsuchen möge. Zusehends wurde es dunkler. Die Kirche wollte er sich morgen von innen ansehen, dann aber auch zügig mit den Ermittlungen beginnen.

Wittensen wich nicht von seiner Seite. Er habe Hinnerk Rensing begraben, flüsterte er und zog dabei den Kopf etwas ein, er habe ihn vorher eingesegnet, Sönke Behrendsen, der das immer mache, habe den Sargdeckel fest verschraubt, das habe der ihm mehrfach bestätigt, und Hinnerk Rensing sei genau so in die Erde gekommen, genau hier, an dieser Stelle, in dieses Grab sei er gekommen. Der Pastor drehte den Kopf nach allen Seiten, wie um sich zu vergewissern, daß sie alleine waren. Doch als der Sarg gegen den großen Ahornstamm dort geprallt und entzweigegangen sei, flüsterte er weiter, hätte kein Hinnerk Rensing mehr dringelegen, so wahr er Ole Wittensen heiße, der Sarg sei leer gewesen, einfach leer. Die Schilderung nahm ihn sichtlich mit, und er schluckte öfter und sein Atem ging stoßweise.

Der zerstörte Sarg lag, von einer Plane verdeckt, auf dem rechten Teil der Pastoratstreppe, bis zum Mauerwerk hinübergeschoben. Holthaus lüftete das grobe Segeltuch an einer Ecke und betrachtete kurz das verdreckte Holz, deckte dann alles wieder sorgfältig zu.

So richtig wohl fühlte er sich nicht. An diesem Ort hier zu leben, in dem grauen, unscheinbaren, aber ziemlich großen Pastorat, gleich neben dem Friedhof, eigentlich schon mehr auf ihm, die nächste Warft mindesten einen Kilometer weit weg, das war bestimmt nicht jedermanns Sache.

Holthaus bezog eines der Zimmer, die über zwei Treppen oberhalb der Pastorenwohnung zu erreichen waren, im Dachgeschoß gelegen. In der Saison wurden sie bei Gelegenheit an Feriengäste vermietet, erzählte ihm auf dem Weg nach oben die Frau des Pastors mit so leiser Stimme, daß er sich zu ihr herüberbeugen mußte, um sie zu verstehen.

Aus seinem Fenster fiel der Blick unmittelbar auf den Friedhof, genauso wie es beim Wohnzimmer der Pastorenfamilie zwei Stockwerke tiefer der Fall war. Holthaus konnte sich nicht vorstellen, hier mal Urlaub zu machen, so mit zwangsweiser Aussicht auf den Friedhof. Tod und Sterben gehörten zwar zum Leben, in seinem Beruf wurde er auch manchmal damit konfrontiert, auch wenn Mord und Totschlag nicht gerade zum alltäglichen Geschäft in der Region zählten, doch im Urlaub, in den Ferien mußte er nicht unbedingt auch noch mit der Nase darauf gestoßen werden.

*

Am nächsten Morgen holte ihn die Pastorenfrau aus dem Schlaf, noch bevor sein Wecker loslegen konnte. Sie huschte schnell in sein Zimmer, es klirrte leise, dann war sie genauso schnell wieder verschwunden, ließ ein Tablett mit dem Frühstück zurück. Brot, dunkles wie helles, Butter, Marmelade und noch ein bißchen Wurst und Käse, dazu eine große Kanne mit Kaffee, reichlich schwarz, Milch war nicht dabei. Das ließ sich ja vielleicht ändern, er wollte es der Frau gleich sagen, wenn er sie sah.

Als erstes umrundete Holthaus die Warft, und im Gras, das den abfallenden Hang bedeckte, holte er sich schon bald wieder nasse Füße, diesmal im zweiten Paar Schuhe, das er eingepackt hatte. Nur langsam nahm der Tag an Helligkeit zu, dunkle Wolken, die sich kaum von der Stelle bewegten, verhüllten den Himmel. Nicht mal eine Andeutung der Sonne machte sich bemerkbar. Er suchte ein Weilchen rund um die Hallig herum, ließ sich von Wittensen die Strömungsrichtung des Wassers beim fraglichen Landunter zeigen, erfuhr dabei, daß bei Landunter das Wasser eigentlich immer nur in einer bestimmten Richtung über die Hallig lief. Doch außer angeschwemmten Holz- und Strohresten und allerlei sonstigem Unrat, der von anderen Warften oder auch einfach von der See herrühren mochte, fand sich nichts an, das sein besonderes Interesse weckte.

Natürlich hätte Holthaus die Besonderheiten mit der Strömung selbst herausfinden müssen. Bei Sturmfluten gab's immer Wind aus Nordwest, folglich kam das Wasser auch als erstes hauptsächlich von dieser Seite her über die Hallig und floß in südöstlicher Richtung. Demnach brauchte er wohl auch nur den südöstlich der Kirchwarft gelegenen Teil der Hallig abzusuchen, das entsprach nach seiner Schätzung vielleicht einem Drittel der Halligfläche, denn nur dorthin konnte das Wasser den Toten mitgenommen haben, nur dort konnte er aufzufinden sein, wenn ihn denn die Flut nicht gleich in die offene See, in diesem Fall ins Wattenmeer befördert hatte.

Und zunächst mußte er – Pastor Wittensens Angaben in allen Ehren – davon ausgehen, daß der Tote aus dem Sarg heraus von der Flut mitgerissen wurde. Was denn sonst? Was sollte denn sonst geschehen sein mit ihm, hier auf diesem einsamen Fleckchen Land, warum sollte ihn jemand aus dem Sarg geholt haben und das erst nach der Beisetzung, ihn also ausgegraben haben? Oder wurde vielleicht ein bereits leerer Sarg in die Erde herabgelassen? Aber – um Himmels willen – aus welchem Grund sollte das geschehen sein, wer oder was könnte hinter einer solchen Handlung stehen, was für ein Motiv könnte Ursache hierfür sein? Der Pastor machte doch, alles in allem, einen ganz vernünftigen Eindruck. Natürlich standen ihm die Ereignisse der letzten Tage und Wochen ins Gesicht geschrieben, natürlich wirkte er gehetzt, war er nervös und fahrig. Doch sollte ihm das jemand verdenken, nach allem, was um ihn herum passiert war? Er würde mit Wittensen noch einmal über alles reden, vielleicht noch heute.

Am Fuß der Warft stand ein mächtiger Holzpfahl, auf dem die Wasserstände historischer Sturmfluten abzulesen waren. Holthaus postierte sich neben den Pfahl und maß mit den Augen ab, wie hoch das Wasser über ihn hinweggegangen wäre.

Der Sarg gab so gut wie nichts über das Geheimnis des Verschwundenen preis. Holthaus inspizierte ihn, schaute kurz ins Innere und beschied dem Pastor, ihn weiterhin an seiner jetzigen Stelle zu belassen und auch am Grab nichts zu verändern.

Um die Mittagszeit, als Holthaus draußen gerade den Ferienprospekt der Hallig studierte, weil dort eine praktikable Übersichtskarte abgebildet war, tauchte Bürgermeister Bendix Kruse mit einem halben Dutzend Männern auf.

Ja, verkündete der ihm sogleich, das mit der südöstlichen Richtung sei so eine Sache, denn wenn Hinnerk Rensing es nicht bis zum Halligrand geschafft hätte, dann könnte er auch noch durch die Priele gereist sein, denn durch die würde die Hallig leerlaufen, wenn das Wasser wieder falle. Dann würden sie die Sieltore nämlich sperrangelweit öffnen, da gäb's kein Halten, für nichts und gar nichts mehr. Und außerdem hätten sie schon so ziemlich alles abgesucht, wo der gute Hinnerk hätte hingeschwommen sein können. Aber nichts hätten sie von ihm gefunden, nicht ein Zipfelchen, der sei wohl nicht mehr auf der Hallig, und nach seiner höchstpersönlichen Meinung habe sich der Hinnerk selbst umgebettet, hätte sich Richtung Watt davongemacht und wär' dort längst irgendwo in einem der Sände verschwunden und vor dem Wiederauferstehungstag bekäme den bestimmt keiner mehr zu Gesicht, so wahr er Bendix Kruse sei. Er warf einen unübersehbaren Blick in die Richtung der Pastorenwohnung und bemerkte mit munterer Stimme, daß der gute Hinnerk ganz bestimmt erst vom Blanken Hans aus seiner Holzkiste geholt worden sei und sich nicht bereits vorher dünnegemacht habe. In der letzten Zeit seien ja wohl ein paar Leute auf der Hallig gehörig rangenommen worden vom dauernden Landunter, tagelang sei doch von der Hallig kaum noch was zu sehen gewesen, nur die Warften, dann der viele Sturm, der nicht aufhalten wollte, ewig das Wasser bis vor die Tür oder auch schon mal rein in die Stube, keine Verbindung irgendwohin, da gingen doch schon mal dem einen oder anderen die Nerven durch und manch einer sähe dann vielleicht schon mal Dinge, die nicht wirklich existierten, sähe Gespenster und anderes Zeugs, was aber außer ihm selbst sonst keiner mitkriegte. Und die Sache mit dem Sarg, die Sache mit Hinnerk Rensing, überhaupt die Sache mit dem Friedhof, den das Wasser ja ordentlich umpflügte, dann noch das Wasser in der Kirche, na ja, da dürfte der Pastor ja wohl auch mal ein bißchen von der Rolle sein, dafür hätten sie alle hier auf der Hallig Verständnis. Doch das würde wohl wieder was mit dem Pastor, das renkte sich bestimmt wieder ein, der wäre ansonsten durchaus brauchbar und eigentlich, wenn er es recht bedächte, sogar ein ziemlich guter Pastor.

Kruse sprach im friesischen Dialekt, sichtlich um Verständlichkeit für den Polizeibeamten bemüht, weil er häufig hochdeutsche Worte einstreute, jedenfalls hielt er die von ihm verwendeten dafür. Aber Holthaus hätte auch so alles mitbekommen, denn er konnte inzwischen auch schon ein wenig im Dialekt reden und mit dem Hören und Verstehen klappte es noch besser. Wenn die Alten allerdings anfingen, ob auf dem Festland oder hier draußen auf den Inseln und Halligen, den uralten friesischen Dialekt zu sprechen, verstand er manchmal kaum die Hälfte davon.

Von Kruses Begleitern hatte Holthaus zustimmendes Gemurmel vernommen und stellte erstaunt fest, wie locker, ja, fast heiter die Leute mit der doch eher ernsten Angelegenheit umgingen. Warum er auf der Hallig war und bei Wittensen wohnte, schienen alle zu wissen. Keiner fragte ihn danach.

Noch immer standen sie an dem kleinen weißgestrichenen Tor, das in die Warft hineinführte. Von Wittensen war nichts zu sehen. Holthaus ließ durchblicken, daß er jetzt gern mit dem Bürgermeister ein paar Sätze alleine geredet hätte, worauf dieser seine Leute fortschickte, die sich auch gleich umwandten und dorthin zurückliefen, wo sie hergekommen waren. Holthaus sah, wie sie auf eine der weiter zurückliegenden Warften zusteuerten, die größte, wie ihm schien. Die Männer wurden kleiner und kleiner.

„Die Hansenswarft", erläuterte Kruse, „die Hauptwarft von Uthoog."

„Mal ernsthaft, Herr Bürgermeister", begann Holthaus, „was halten Sie von der Geschichte? Wie ist es gewesen, war der Tote im Sarg oder war er es nicht, als das Wasser über den Friedhof herfiel?"

Kruse war einen halben Kopf kleiner als Holthaus, strich sich durch das semmelblonde Haar, kratzte sich dann ausgiebig am Kinn durch den gleichfarbigen Bart, schaute gründlich ins Weite, bevor er sich Holthaus zuwandte.

„Klar war er das, wo denn sonst?"

„Der Pastor sagt was anderes."

„Jo, weiß ich, doch das ist Unsinn."

„Warum sollte der Pastor denn solchen Unsinn verbreiten?" erwiderte Holthaus, „er besteht darauf, daß es so gewesen ist, wie er gesagt hat."

„Weil er auf 'm Zahnfleisch geht, Herr Kommissar, sieht man nicht gleich, aber ist so, der ist mit den Nerven fix und fertig."

„Hauptwachtmeister", verbesserte Holthaus den Mann, der nun den Flug von ein paar Gänsen verfolgte, „Hauptwachtmeister. Und deshalb behauptet der Pastor, daß der Sarg leer war, einfach so? Weil er mit den Nerven herunter ist?"

„Jo, ist wohl so. Keiner weiß hier, warum er so was in die Welt setzt. Ist ja 'n lieber Kerl, der paßt schon, doch das mit dem Hinnerk, das ist Unsinn." Kruse drehte sich jetzt vollends auf Holthaus zu. „Wie das denn, wie soll das gehen? Wie kann denn 'n Toter aus dem Sarg verschwinden, den wir zusammen begraben haben? Wie das denn?" Kruse redete jetzt schneller. „Wie soll das denn gehen? Sönke Behrendsen schwört Stein und Bein, daß er dem Hinnerk den Deckel auf die Nase gesetzt hat und dann zugeschraubt hat, sechs Schrauben, an den vier Ecken und noch zwei in der Mitte. Und das alles gerade mal zwei Stunden, bevor wir ihn begraben haben, und da war alles in Ordnung, keinem ist was aufgefallen, da saßen alle Schrauben da, wo sie Sönke reingedreht hatte. Also, Hinnerk Rensing war noch im Sarg, als das Wasser den rausholte, ganz bestimmt war er da noch drin. Kann doch gar nicht anders sein!" Er fixierte Holthaus streng. „Oder? Oder, Herr Kommissar?"

„Hauptwachtmeister, Herr Kruse, Hauptwachtmeister", verbesserte Holthaus ihn ein zweites

Mal, „bis zum Kommissar dauert's noch ein bißchen."

Beide Männer schwiegen eine Zeitlang. Auch Holthaus sah jetzt in die Ferne, suchte den Horizont ab.

„Wie soll sich das Ganze denn Ihrer Meinung nach abgespielt haben", nahm er die Unterhaltung dann wieder auf, „was ist denn Ihrer Ansicht nach wirklich mit dem Toten passiert?"

„So, wie ich's schon gesagt habe. Das Wasser hat ihn mitgenommen, weggeschwemmt. Das hat es doch schon gegeben, auch hier bei uns, ist zwar 'n Weilchen her, doch das hat's schon gegeben, ist schon vorgekommen, ist schon genau hier auf dem Friedhof passiert."

Holthaus hatte darüber gelesen, daß Sturmfluten vor etlichen Jahren Grabstätten verwüstet und Särge an die Erdoberfläche gespült und Tote aus den Särgen gerissen hatten. Doch das war lange her, war weit vor den Aufwartungen geschehen, seitdem hatte es das nicht mehr gegeben, soweit er wußte.

„Und der Sarg", wandte er ein, „warum blieb der Sarg auf der Warft? Gut, er wurde stark beschädigt, der Deckel wurde abgerissen, aber der hat sich doch offenbar wieder angefunden, denn er liegt dort drüben." Holthaus wies hinüber zum Pastorenhaus, zeigte auf das unter dem Segeltuch verborgene sperrige Gebilde auf der Treppe. „Der Sarg verbleibt auf der Hallig, der wird nicht vom Wasser weggeschwemmt, obwohl er aus Holz ist, nur der Tote schwimmt davon. Das ist doch wohl mehr als seltsam."

Fragend blickte er Kruse an, der ihm für das Amt des Bürgermeisters fast eine Spur zu jung vorkam, jedenfalls hatte er sich einen Halligbürgermeister älter vorgestellt, verwitterte Gesichtszüge, argwöhnisch gegenüber den Fremden, verschlossen, mißtrauisch, introvertiert. Der Mann hier hatte zwar von alledem schon etwas an sich, schien aber doch im Grunde zugänglich zu sein. Um seinen Mund liefen Linien, die anzeigten, daß er wohl öfter lächelte oder auch lachte, und unter dunklen Brauen, die im auffallenden Kontrast zu seinen hellen Haaren standen, waren die lebhaften Augen von kleinen Fältchen eingefaßt.

„Bei den früheren Katastrophen", fuhr Holthaus fort, nachdem Kruse weiter schwieg, „wurden die Toten wohl alle wieder gefunden, sie wurden offenbar gar nicht weit mitgerissen."

Erneut machte der Polizeibeamte eine Pause, doch der Bürgermeister sagte kein Wort.

„Und jetzt ist der Tote verschwunden, unauffindbar, einfach weg. Das ist doch mehr als merkwürdig, finden Sie nicht auch?"

„Jo, das ist ja alles richtig, aber diesmal ist das eben anders gekommen. Der Hinnerk Rensing ist weg, der war im Sarg und im Grab drin und den hat die See geholt, und ich hab' nicht den geringsten Grund, Sönke Behrendsen nicht zu glauben, wenn der sagt, daß er dem Hinnerk den Sargdeckel höchstpersönlich auf die Nase gepackt hat."

Kruse holte tief Luft nach den vielen Worten, sah dann Holthaus bedeutungsvoll an, ehe er weiterredete: „Vielleicht ist es ja auch eine Art Fügung, daß Hinnerk von der See geholt wurde, vielleicht sollte das ja so sein, so eine Art höhere Gewalt oder so was."

Holthaus stutzte, schaute den Bürgermeister überrascht an.

„Was sagen Sie da? Was meinen Sie denn damit?"

„Na ja." Kruse wand sich ein bißchen, eher er weitersprach. „In das Grab, gleich neben Boye Asmussen, da wollte er bestimmt nie hin, ganz bestimmt nicht."

„Wie? Was? Was sagen Sie da?" Holthaus faßte nach. „Der Tote, ich meine Rensing, hätte nicht in diesem Grab bestattet werden wollen? Meinen Sie das?"

„Genau das", sagte Kruse ungerührt, „genau das."

„Und warum nicht, warum wollte er das nicht?" fragte Holthaus ungeduldig. Kruse schien eine Antwort zu überlegen, doch Holthaus konnte nicht mehr an sich halten.

„Was ist das für eine Geschichte, die Sie da auftischen, was sagen Sie da? So reden Sie doch, Herr Kruse, so reden Sie doch endlich!"

Das ginge jetzt nicht mehr, beschied ihm der Bürgermeister nun kurz, er müsse jetzt los, zurück zur Hansenswarft, keine Zeit mehr, da warteten ein paar Leute auf ihn. Aber am Abend, da könnten sie sich mal zusammensetzen. Um acht. Im „Seelöwen".

Holthaus erfuhr, daß um diese Jahreszeit nur zwei Wirtshäuser im Wechsel aufhatten, das eine auf der Barkenswarft, das andere auf der Hansenswarft, und heute sei der „Seelöwe" auf der Hansenswarft an der Reihe. Er sollte auch besser eine Lampe mitnehmen, denn es würde manchmal ziemlich düster, wenn der Himmel mit Wolken dicht wäre; gerade für Leute, die sich nicht auskennen würden auf der Hallig, sei eine Lampe immer gut.

Holthaus schlug in die ausgestreckte Hand ein, die ihm Kruse hinhielt, und der war kaum von der Warft herunter, als auch schon der Pastor an den Sträuchern auftauchte, die gleich hinter dem kleinen Tor standen und nur noch einzelne Blätter trugen.

*

Vereinbart war nichts, doch es schien kein Zweifel daran zu bestehen, daß Holthaus von den Wittensens mitbeköstigt werden sollte. Er machte sich im allgemeinen nicht viel aus der Esserei, hatte ein ganzes Paket Landjäger dabei und konnte sich mit diesen zähen, harten Würsten leicht ein paar Tage durchschlagen, erst recht bei dem üppigen Frühstück, das ihm die Pastorenfrau hinstellte.

Nach dem Essen – Fischsuppe, eingelegte Heringe, anschließend noch Karamellpudding – verschwand die Frau in der Küche, und die beiden Kinder, ein vom Alter her wohl wenig mehr als ein Jahr voneinander getrenntes Geschwisterpärchen mit flachsblonden Haaren, das aufmerksam, aber stumm am Tisch gesessen hatte, verlor sich irgendwo in dem großen Haus.

Holthaus wollte mit dem Pastor reden und blieb einfach am Tisch sitzen, womit der wohl gerechnet hatte, denn seine Frau brachte kurz danach eine Kanne Kaffee herein. Wittensen kam ihm heute gelöster, entspannter vor, wirkte auf seltsame Weise viel jünger als gestern oder auch noch am Morgen, und erst jetzt entdeckte er die Freundlichkeit und Wärme, die auf dem schmalen Gesicht ruhten. Fast tat es Holthaus leid, den Mann wieder mit unangenehmen Fragen angehen zu müssen.

„Was war das für ein Mann, dieser Hinnerk Rensing, wie war das mit ihm, was wissen Sie von ihm?"

Wittensen schaute den Polizisten eine Weile an. Seine Augen irrlichterten nicht mehr wie am Vortag, hielten nun ruhig den Blickkontakt mit seinem Gegenüber.

„So furchtbar viel gibt es da nicht zu erzählen", begann er schließlich zögerlich, „oder vielleicht doch …" Ihm war anzusehen, daß er in seinem Gedächtnis forschte. Und dann erfuhr Holthaus, was es mit Hinnerk Rensing für eine Bewandtnis hatte. Er war nicht auf der Hallig geboren, vor ungefähr sieben Jahren tauchte er auf, nahm eine kleine Wohnung auf der Obelitzwarft, auf der auch die Schule lag. Er war also ein Zugezogener, ein Fremder, den die Halligleute wie alle Fremden, die bleiben wollten, erst mal mißtrauisch beäugten. Urlaub ja, einen Sommer lang mitarbeiten, kein Problem, das ging leicht, wenn einer was konnte, das gerade gebraucht wurde. Aber bleiben, auf Dauer, richtiger Einwohner von Uthoog werden, vielleicht bei allem mitreden wollen, das war etwas ganz anderes.

Es hieß, er sei mal zur See gefahren, aber ob das stimmte und was er da gemacht hatte, kam nie wirklich raus. Und Hinnerk Rensing tat überhaupt nichts dafür, daß viel über ihn bekannt wurde, denn in einem paßte er ziemlich gut nach Uthoog. Er redete nicht viel, nur das, was unbedingt nötig war. Natürlich wußte der Bürgermeister ein paar Sachen über ihn, denn bei ihm hatte er sich anmelden müssen, die Sachen eben, die nötig waren, wenn man sich irgendwo für längere Zeit aufhalten wollte. Und Bürgermeister Kruse erzählte, was viele verwunderte, auch nicht groß was über Hinnerk Rensing, denn ansonsten konnte der Bürgermeister, wenn er es draufhatte, schon mal ordentlich losplaudern.

Auf der Hallig gab's immer was zu erledigen, was zu arbeiten, und so packte Hinnerk Rensing überall, wenn sich die Gelegenheit ergab, ein bißchen mit an, mal für die Gemeinde, die ihn dafür bezahlte, oft aber holten ihn auch die Leute, nachdem sie ihn kennengelernt hatten, für alles Mögliche auf ihre Warften. So richtig bezahlten sie ihn nicht, jedenfalls nicht offiziell, er aß bei ihnen mit, und sicher steckten sie ihm auch öfter Geld in die Joppe, die er fast immer trug. Doch am Geld lag ihm wohl nicht viel, er wäre sicher auch so über die Runden gekommen. Seit zwei Jahren erhielt er außerdem noch eine Rente, über deren Höhe die unterschiedlichsten Zahlen im Umlauf waren, und da Hinnerk Rensing ein Bankkonto auf dem Festland besaß, wußte keiner was Genaues. Aber irgendwie hatte er genug Geld, schon bevor er Rentner wurde, und alle hatten den Eindruck, daß er überhaupt nicht zu arbeiten brauchte. Viele Möglichkeiten zum Geldausgeben gab's auf der Hallig sowieso nicht.

Wittensen hielt inne, schenkte Holthaus und sich selbst vom Wein nach, den seine Frau inzwischen herbeigeschafft hatte. Da sei noch etwas, fuhr er dann fort, nachdem Holthaus weiter schwieg und ihn fragend anschaute. Die Sache mit dem Grab.

Holthaus, vom Wein bereits ein wenig ermüdet, war sofort hellwach und richtete sich auf in seinem Stuhl. Noch bevor er etwas sagen konnte, fuhr Wittensen fort. Das mit dem Grab sei eine Ausnahme gewesen. Hinnerk Rensing habe schon bald ein Grab gekauft, ein Grab auf dem Friedhof, hier an der Kirche, und eigentlich dürften Fremde nicht auf dem Halligfriedhof begraben werden, der gehöre nur den hier geborenen Leuten, also den richtigen Uthoogern. Das habe er Hinnerk Rensing immer wieder gesagt, doch der hätte einfach keine Ruhe gegeben, ihn immer wieder bedrängt und regelrecht angebettelt. Am Ende habe er nachgegeben, abgesehen davon, daß die Kirche das Geld wirklich gut gebrauchen konnte. Die Uthooger waren erbost, als sie davon erfuhren, doch der Bürgermeister hätte sie beschwichtigt, und schon ziemlich bald hätten sich alle wieder beruhigt, denn der Hinnerk Rensing sei ja gar kein so übler Kerl, für den könnte man ja vielleicht eine Ausnahme machen, wenn es nur bei diesem einen Grab für einen Fremden bliebe.

Wieder hielt der Pastor inne, stand auf, ging zum Fenster und sah auf den Friedhof hinab. Holthaus leistete ihm Gesellschaft und stellte sich neben ihn. Eine Zeitlang verharrten die beiden Männer so und betrachteten schweigend das geschundene Gräberfeld. Der hintere Bereich des Friedhofs, wo die Grabstätten von Boye Asmussen und Hinnerk Rensing lagen, blieb unsichtbar, denn er wurde vom Gemäuer des Kirchenschiffs verdeckt. Als sie sich wieder dem Tisch zuwandten, trafen sich ihre Blicke kurz.

Holthaus wartete darauf, daß der Pastor ihm noch mehr über das Grab von Hinnerk Rensing erzählte, die Geschichte vielleicht, die der Bürgermeister andeutete, bevor er Richtung Hanswarft verschwand. Als der Pastor dazu jedoch keine Anstalten machte, ging Holthaus in die Offensive.

„Hatte Hinnerk Rensing ein bestimmtes Grab gekauft, ich meine, eine genaue Stelle, an der er begraben werden wollte?"

Wittensen schüttelte den Kopf. „Nein, keine bestimmte Stelle, er erwarb nur ein Grab, ein Grab auf unserem Friedhof. Über eine bestimmte Stelle hat er nie gesprochen, warum auch, unser Friedhof ist überall schön." Der Pastor lächelte verlegen und hüstelte. „Soweit ein Friedhof schön sein kann."

„Wer hat denn das Grab ausgesucht, als er starb?"

„Ich habe den Ort, die Stelle bestimmt, an der das Grab für ihn ausgehoben wurde."

„Gleich neben einem vorhandenen Grab. Dort liegt noch ein Mann, wie heißt er noch?" Holthaus fiel der Name nicht ein, den der Bürgermeister genannt hatte.

„Boye Asmussen. Das ist Boye Asmussens Grab."

„Wann starb dieser Mann, wie lange gibt es dieses Grab denn schon?"

Holthaus entging nicht, wie sehr seine Fragen den Pastor verwirrten.

„Etwas mehr als ein Jahr ist das Grab alt, vielleicht vierzehn oder fünfzehn Monate", antwortete Wittensen und schien angestrengt nachzudenken, „ich kann nachschauen, wann Boye Asmussen beerdigt wurde."

„Warum ließen Sie das Grab von Hinnerk Rensing gerade dort anlegen, ich meine, warum neben Asmussens Grab?"

Überrascht sah ihn Pastor Wittensen an.

„Sicher gab es doch noch andere Plätze für ein Grab auf Ihrem Friedhof." Als Holthaus bemerkte, wie sehr sich der Mann zu einer Antwort durchrang, kam er ihm zu Hilfe. „Sicher Zufall, oder? Einfach so ausgesucht, irgendwo sollte er ja in die Erde", setzte er aufmunternd hinzu.

Wittensen schüttelte wieder den Kopf. „Nein, es war kein Zufall. Die Stelle dort ist schön, etwas rückwärts gelegen, ganz ruhig ist es dort. Da stehen die meisten Bäume und wenn sie Laub tragen, rauscht der Wind häufig in den Blättern. Und Schatten spenden sie auch, es ist irgendwie ein besonderes Licht dort. Es hätte Hinnerk Rensing bestimmt gefallen, das Grab hätte ihm gefallen. Aber jetzt, wo man …. „

„Was hat es denn damit auf sich", unterbrach ihn Holthaus, „daß er vielleicht ausgerechnet an dieser Stelle gar nicht hätte begraben werden wollen? Der Bürgermeister machte da so eine Andeutung. Wissen Sie etwas darüber, was meinte der Bürgermeister damit?"

Wittensen atmete tief durch.

„Da übertreibt aber Herr Kruse doch sehr stark. Es gab wohl mal etwas Ärger zwischen Herrn Asmussen und Herrn Rensing, davon erfuhr ich aber erst, nachdem Herr Rensing bereits begraben worden war. Nichts Ernstes, sie stritten irgendwann mal über Strandgut. Eine Lappalie, nichts wirklich Ernstes. So etwas kommt beinahe nach jedem Landunter bei den Leuten vor, wenn alle loslaufen und nach verwertbaren Dingen Ausschau halten, die das Wasser angeschwemmt hat. Am Ende regelt sich das alles zwischen den Leuten ohne Streit, mal ist der eine dran, dann der andere, mal hat der eine einen Vorteil, mal der andere, verstehen Sie?"

„Woran und wo ist Herr Rensing gestorben?"

Der Pastor schien erleichtert, daß Holthaus das Thema verlagerte.

„Sein Herz muß plötzlich ausgesetzt haben, ohne vorherige Anzeichen einer Krankheit."

„Wo und wann passierte es?"

„Am Westrand, er ging dort zumeist her, wenn er zur Hansenswarft wollte, zum Halligkaufmann oder einfach nur so. Die Strecke ist ein bißchen weiter als über die Straße, doch Zeit hatte er genug, Zeit haben wir alle hier genug. Meistens jedenfalls."

„Und wann passierte es?"

„Um die Mittagszeit, an einem Freitag." Wittensen legte die Stirn in Falten. Er besann sich, sein Kopf fuhr herum, mit ausgestrecktem Arm wies er auf den Wandkalender neben der Tür. „Hier, es war am 10. Oktober, hier, sehen Sie nur, ein Freitag."

Es gab keinen Arzt auf Uthoog, vernahm Holthaus dann weiter, nur einen Sanitäter, und der lief dann auch gleich los, nachdem der Halliglehrer ihn alarmiert hatte. Allerdings war es bereits ein Weilchen her, daß Thies Henningsen endlich mal wieder aus lauter Langeweile aus einem Fenster des Klassenzimmers schaute und in der Ferne die reglos im Gras hingestreckte Gestalt wahrnahm. Seine drei Schüler sprangen gleich aufgeregt auf die Tische, um auch was von der Sache mitzukriegen. Doch zu helfen gab's nichts mehr. Als Hauke Bannick heftig atmend bei Hinnerk Rensing anlangte, gab der keinerlei Lebenszeichen mehr von sich, er sah aus wie tot, fühlte sich an wie tot, da kannte sich der Sanitäter aus, und deshalb hörte er schon bald mit den Wiederbelebungsversuchen auf. Man brachte Hinnerk Rensing in seine Wohnung auf der Obelitzwarft, gleich neben Thies Henningsens Lehrerhaus, und packte ihn in sein noch von der letzten Nacht zerwühltes Bett.

Mit dem nächsten Schiff kam anderntags ein Doktor vom Festland herüber, nicht der alte Dr. Jensen, den alle kannten, sondern ein junger Arzt vom Kreiskrankenhaus, der aufgeregt seine Arzttasche schwenkte. Hinnerk Rensing war wirklich tot, da gab's nichts zu deuten, und der junge Mediziner füllte sorgfältig den Totenschein aus, von dem er dem Pastor eine Ausfertigung gab; auch der Bürgermeister erhielt eine für seine Unterlagen, damit alles seine Ordnung hatte. Nach zwei Tagen, bei denen der eine oder andere mal auf der Obelitzwarft nach Hinnerk Rensing sehen kam, fuhren ihn ein paar Leute zur Kirchwarft, wo er dann in dem kleinen Totenhäuschen an der Rückseite der Kirche seine letzte Nacht verbrachte, bevor er am nächsten Tag, einem Dienstag, beigesetzt wurde.

Es war ein ziemlich einfaches Begräbnis; drei Blumensträuße, ein Kranz von der Gemeinde. Auf dem Sarg, von dem keiner so recht wußte, wer ihn bezahlte, lag eine Fahne, von der auch niemand eine Ahnung hatte, was sie bedeutete und wo sie herkam. Es gab keinen Leichenschmaus, doch alles, was laufen konnte, war gekommen und stand stumm ums Grab herum und lauschte, was der Pastor über Hinnerk Rensing zu erzählen hatte.

„Und Sie sind sich absolut sicher, daß der Tote im Sarg war, als der in der Erde verschwand?" fragte Holthaus, nachdem Wittensen sich nach seinem langen Vortrag erschöpft zurücklehnen wollte.

„Ja, ganz sicher, ganz sicher war Hinnerk Rensing im Sarg!"

Als Holthaus nicht sogleich etwas sagte, sprach Wittensen hastig weiter: „Sönke Behrendsen hat den Sarg über dem Toten verschlossen, hat den Sargdeckel mit sechs Schrauben befestigt, und als er das tat, als er den Sargdeckel auf den offenen Sarg legte, sah er bis zuletzt den Toten darin, das hat er mir mehrmals hoch und heilig versichert. Er wollte es sogar beschwören, stellen Sie sich das vor, stellen Sie sich das mal vor!" Pastor Wittensen beugte sich nach vorne und blickte Holthaus erregt an. „Einen Eid wollte er darauf leisten, einen Eid!"

Regen schlug gegen die Fenster, der Himmel hatte sich eine Spur verdüstert. Unüberhörbar pfiff der Wind ums Haus, und wenn Holthaus sich in seinem Stuhl aufrichtete, sah er, wie sich die Spitzen der Bäume bogen.

„Und wie erklären Sie sich dann, daß genau dieser Sarg leer gewesen sein soll, als er bei der Sturmflut aus dem Grab geholt wurde, schon leer gewesen sein soll, als er über den Friedhof trieb und der Sargdeckel weggerissen wurde?"

Nun ergriff Wittensen die gleiche Verzweiflung, die Holthaus bei ihm bereits am ersten Abend entdeckt hatte, sofort zeigten sich scharfe Falten um die schmalen Mundwinkel und in der sonst glatten, auffallend weißen Stirn, besonders aber oberhalb der Nasenwurzel, wo sie sich wie ein kleiner Fächer zusammenzogen.

„Ich weiß es nicht", stammelte er, „ich weiß es nicht." Seine Stimme wurde immer leiser. „Ich habe keine Erklärung dafür." Wie um Hilfe suchend schaute er den Polizeibeamten an, als ob er sich von diesem die Auflösung des rätselhaften Geschehens erhoffte. Doch Holthaus wußte jetzt auch nicht weiter, stand auf und ging wieder ans Fenster und starrte auf den Friedhof hinab.

Rensings Grab war aus der Wohnung des Pastors nicht einsehbar, vielleicht hatte ihn die Flut bereits aus dem Sarg geholt, bevor dieser ins Blickfeld des Pastors kam. Noch mit dem Deckel oben drauf, halbwegs noch intakt, vielleicht an der Seite zersplittert und aufgerissen, eine Öffnung freigebend, die für den Toten groß genug war und die Wittensen in seiner Aufregung nicht bemerkt hatte. Oder die er vom Fenster aus gar nicht sehen konnte.

Holthaus wollte sich den Sarg noch genauer vornehmen, obwohl der wirklich ziemlich zerschlagen aussah und er sich keine wirklich neuen Erkenntnisse davon versprach. Mit gefurchter Stirn kehrte er an den Tisch zurück.

„Wie war das noch an dem Tag, als die Flut den Friedhof überspülte, um welche Uhrzeit passierte das mit Rensings Grab, wann wurde der Sarg aus dem Grab gespült?"

„Nachmittags, das war am Nachmittag."

„Was war das überhaupt für ein Tag, ich meine, welcher Wochentag, welches Datum? Wissen Sie das so aus dem Kopf?"

Wittensen mußte nicht lange überlegen. „Das weiß ich ganz genau", antwortete er, und für Sekunden hatte es den Anschein, als ob ihn eine Gänsehaut überlief, „es war Freitag, der 7. November, als diese Springflut kam. Nie, nie werde ich das vergessen."

„Wissen Sie vielleicht noch, wieviel Uhr es da war?" fragte Holthaus geduldig weiter.

„Nachmittags um vier Uhr, ja, so gegen vier Uhr ist es gewesen."

Holthaus gab keine Ruhe, wollte mehr wissen.

„Man kann den Fluthöchststand doch anhand des Tidenkalenders rekonstruieren. Haben Sie einen Tidenkalender?"

Wittensen betrachtete Holthaus verwundert.

„Ist das so wichtig?" fragte er dann, „warum ist das so wichtig, wann das Wasser am höchsten stand?"

Aus einer Schublade mit sauber angeordnetem Inhalt zog er ohne längeres Suchen ein Faltblatt hervor, reichte es Holthaus, ohne selbst hineinzusehen.

Natürlich ging es nicht exakt um die Minuten, in denen die Flut nach den Vorausberechnungen ihren Höchststand erreicht haben sollte, Holthaus brauchte es nicht mal auf eine Viertelstunde genau zu wissen. Dabei lag der Pastor nicht mal so falsch, was das Hochwasser anging, denn der Tidenkalender wies zwanzig Minuten nach vier Uhr nachmittags für diesen Tag als Wasserhöchststand aus, wobei damit natürlich das mittlere Hochwasser gemeint war, denn Tidenkalender wurden lange im voraus nach dem Stand des Mondes berechnet. Orkane und die von ihnen bewirkten Sturmfluten kann beim besten Willen keiner vorhersehen. Holthaus ging es darum, welches Tageslicht wohl herrschte, als der Pastor den Vorfall mit dem leeren Sarg beobachtet haben wollte. Erneut trat er ans Fenster, sah auf seine Uhr, die kurz nach drei zeigte. Wittensen war ihm auf dem Fuße gefolgt. Der Himmel hatte sich schon merklich eingetrübt. Graue Wolken, soweit das Auge reichte, und obwohl nicht mal richtig düstere, schwarze darunter waren, wie Holthaus sie bei der fraglichen Springflut nicht ausschloß, lag über dem Friedhof mit seinen Büschen und Bäumen bereits ein diffuses Licht.

Klar, sie waren jetzt schon ein paar Tage weiter im Kalender, dafür war es aber auch noch eine ganze Stunde hin bis zu der Uhrzeit, als sich die Geschichte mit dem Sarg zugetragen haben sollte. Wahrscheinlich hatten dem Pastor wirklich die Nerven einen argen Streich gespielt, wahrscheinlich hatte er sich das Ganze im Strudel der Ereignisse, im Angesicht der wütenden See, die nicht nur den Friedhof, die Toten und seine Kirche, sondern auch sein Leben und das Leben seiner Familie bedrohte, in höchster Angst nur eingebildet.

Holthaus warf einen schrägen Blick rüber zu Wittensen, der immer noch neben ihm am Fenster stand und gleichfalls auf den Friedhof hinunterstarrte. Gut möglich, daß den Pastor erste Zweifel zu quälen begannen, ob er sich nicht doch in seinen Wahrnehmungen an jenem schrecklichen Tag geirrt haben könnte.

Im Innern der Kirche schaute es schlimmer aus, als Holthaus von außen vermutet hatte. An Gottesdienst war wohl für Monate nicht mehr zu denken. Wittensens Augen glänzten verdächtig, als er sich an den Stufen des Altars umwandte, bis zu dem hin sich die noch immer feuchte, nur teilweise angetrocknete graue Schlammschicht erstreckte. Einige der Bänke standen schief oder waren zerbrochen. Stumm und hilflos breitete Wittensen die Arme aus. Völlig unpassend hierzu fiel

Holthaus der Film mit Fernandel in der Rolle des Don Camillo ein, jenes rabiaten Pfarrers, der ganz ähnlich die Arme ausgebreitet hatte, mehrfach, aber zu gänzlich anderen Anlässen, und der sich im Zweifel mit den Fäusten durchschlug, zu dem der friedfertige Halligpastor sicher niemals imstande wäre. Es lag etwas Rührendes in dieser kurzen, stillen Armbewegung des Pastors, und Holthaus empfand in diesem Moment ein starkes Mitgefühl für den Mann.

Das Grab von Rieke Bengtsen, das ziemlich nahe am Eingang zur Kirche lag, war ohne große Blessuren davongekommen. Nur zuoberst fehlten ein paar Zentimeter Erde, so daß die Konturen der Graböffnung zu erkennen waren. Wittensen hatte wohl auch hier weit Ärgeres befürchtet, entnahm Holthaus seinem etwas weniger angespannten Gesichtsausdruck.

Aus dem Zustand des zerstörten Sarges samt Deckel ließ sich tatsächlich nichts weiter ablesen, was in der Angelegenheit weitergeholfen hätte. Holthaus befaßte sich deshalb auch nur noch kurz damit und informierte dann dem Pastor, daß er ihn für seine weitere Arbeit nicht mehr brauche und er damit verfahren könne, wie es ihm beliebe.

Die Telefonverbindung mit Jochimsen klappte nach dem dritten Anlauf ohne große Störungen. Im ungeheizten Flur des Pastorats, auf halbem Weg zur Treppe, klebte der schwarze Apparat an der Wand. Jochimsen schien auf seinen Anruf gewartet zu haben.

„Na endlich", legte er gleich energisch los, kaum daß das Gespräch zustandgekommen war, „endlich, Holthaus, endlich! Wie sieht's aus bei Ihnen, konnten Sie etwas herausbekommen? Erzählen Sie. Was hat es auf sich mit diesem verschwundenen Toten, was ist los auf der Hallig? Sind Sie weitergekommen?"

Dann hörte Jochimsen zu, minutenlang, ohne einmal zu unterbrechen, eine Eigenschaft, die Holthaus an seinem Vorgesetzten sehr schätzte. Obwohl er sich leise zu sprechen bemühte, was Jochimsen mitunter mit „sprechen Sie doch lauter" quittierte, ging Holthaus davon aus, daß der Pastor oder seine Frau oder auch beide mitkriegten, was er in dem widerhallenden Flur ins Telefon sagte, auch wenn alle Türen geschlossen waren. Somit beschränkte er sich bei seiner Schilderung nur auf das Allernotwendigste, hielt seine eigenen Wertungen und Schlußfolgerungen zurück und gab im Grunde nur das von sich, was er vom Pastor gehört hatte, ohne seine erwachten Zweifel an dessen Darstellung mitzuerwähnen. Auch von der Version des Bürgermeisters berichtete er nichts.

„Gut, gut", beschied ihm Jochimsen zum Schluß, „bleiben Sie dran, Holthaus, bleiben Sie dran. Und rufen Sie mich morgen wieder an, rufen Sie mich jeden Tag an, hören Sie? Jeden Tag. Und bleiben Sie so lange auf der Hallig, wie Sie glauben, daß es nötig ist. Sie haben freie Hand, zeigen Sie, was in Ihnen steckt."

Einen Augenblick schwieg die Telefonleitung. Dann war Jochimsen wieder zu vernehmen: „Aber ewig wird es doch wohl auch nicht dauern, oder? Die Nordsee war's, die See, die hat ihn geholt, das liegt doch auf der Hand, da stimmen Sie mir doch sicher zu, oder? Schauen Sie sich den Pastor genau an, Holthaus. Der hat wahrscheinlich durchgedreht, hat Gespenster gesehen, was ja fast verständlich ist bei dem, was der arme Kerl durchgemacht hat, oder? Sie sagen nichts, Holthaus? Er hört jetzt mit, oder?"

Ohne Holthaus' Antwort abzuwarten, beendete Jochimsen das Gespräch abrupt, jedenfalls vernahm Holthaus gleich darauf das Besetztzeichen im Hörer.

Als er sich auf den Weg zur Hansenswarft machte, eine halbe Stunde vor der Zeit, zu der er sich mit dem Bürgermeister treffen wollte, herrschte bereits eine Düsternis, wie Holthaus sie nicht erwartet hatte. Wolken schirmten, so schien es, den Sternenhimmel hermetisch ab, sie hingen wie ein schwarzes, alles verhüllendes Dach über der Hallig. Und obwohl er sich rechtzeitig bei noch halbwegs passabler Sicht von der Anhöhe der Warft aus den einzuschlagenden Weg angesehen und einzuprägen versucht hatte, überfiel ihn, als er schließlich losging, die Dunkelheit mit Macht, kaum daß er von der Warft herunter war. Wittensens Lampe, die dieser ihm in die Hand gedrückt hatte, erwies sich rasch als unentbehrlich und schon bald hoffte er inbrünstig, daß sie unterwegs nicht ausfiel, denn hin und wieder flackerte sie beunruhigend.

Ringsum glühten in der Dunkelheit Lichter der unterschiedlichsten Art, deren Entfernung Holthaus nicht annähernd abzuschätzen vermochte, die jedoch bereits durch ihre schiere Anzahl wohl kaum alle der Hallig zuzuordnen waren. Ebenso konnten sie zu den nahen Inseln gehören, doch genausogut von den zahlreichen Sandbänken stammen, die das Wattenmeer durchzogen und oft schon kleinen, unbewohnten Halligen glichen.

Der hellste Punkt in der Ferne, eine größere Ansammlung von Lichtern, war die Hansenswarft, das wußte Holthaus, das hatte er sich noch am Fuß der Warft angesehen, dieses Ziel wollte er unter keinen Umständen aus den Augen verlieren.

Von den vielen Prielen bemerkte er zunächst gar nichts, und wenn er die Lampe ausmachte, so konnte er nur mit Mühe die Straße unter seinen Füßen erkennen, denn sie war schwarz wie die Dunkelheit rundherum. Im Lichtkegel der Lampe kam er einigermaßen voran, redete sich ein, daß er auf diese Weise, wenn er sich vorsichtig und nicht zu schnell bewegte, weder ins offene Wattenmeer gelangen noch in einen der Priele fallen konnte, deren dunkle Wasserfläche er nun manchmal zu fassen kriegte, wenn er zur Seite leuchtete.

Zwar blies ihm ein starker Wind entgegen, doch zu einem Sturm taugte er nicht und viel mehr war auch für den Abend und die kommende Nacht nicht zu erwarten, wie ihm der Pastor glaubhaft versichert hatte. Hinter ihm war von der Kirchwarft nur noch ein schwaches Licht zu erkennen, das unruhig flimmerte, wohl durch die Bäume verursacht, die der Wind vor den Fenstern des Pastorats zerzauste.

Langsam wuchs die Helligkeit der Hansenswarft auf Holthaus zu, er kam ihr näher und näher, und obwohl er keinerlei Beziehung zu dem künstlich aufgeworfenen Erdhügel und ihren Bewohnern hatte, verspürte er den heftigen Drang, sein Ziel so bald wie möglich zu erreichen. Für Sekunden schoß ihm der Gedanke durch den Kopf, daß er bei einem ganz plötzlichen, überraschenden Landunter wohl keine Chance hätte, eine der rettenden Warften zu erreichen, obwohl er nicht wußte, mit welcher Geschwindigkeit das Wasser über die Hallig strömte, nachdem es den niedrigen Sommerdeich erst einmal überwunden hatte.

Kruse erwartete ihn bereits, hatte mit kreisenden Bewegungen einer Lampe auf sich aufmerksam gemacht und lotste ihn zu einem der Durchgänge, die ins Innere der Warft führten, die wie ausgestorben wirkte. Dabei war sie die größte Warft der Hallig, hatte die meisten Häuser, von denen viele jetzt keinerlei Licht aufwiesen. Holthaus empfand unbeleuchtete Häuser in dunkler Umgebung immer als bedrohlich. Im Dienst hatte er genügend Erfahrungen mit ihrem Anblick gesammelt, und es waren häufig keine angenehmen.

Der „Seelöwe" leuchtete jedoch hell aus seinen kleinen Fenstern, und Kruse hielt sich nicht lange mit Formalitäten auf und steuerte den Eingang auf direktem Wege an. Holthaus staunte nicht schlecht, als er durch die niedrige Tür hinter dem Bürgermeister in den Gastraum trat und die vielen Leute wahrnahm, die dort saßen. Nur ein Tisch war noch freigeblieben, und der schien für Kruse reserviert zu sein. Holthaus konnte sich nicht an irgendein Geräusch erinnern, das er von außen gehört hatte, als sie sich dem Haus näherten. Es erweckte den Anschein, als ob die Menschen ihr Kommen erwartet hatten und in Schweigen verfallen waren, sobald man mit ihrem Erscheinen rechnen mußte. Wenn überhaupt, wurde halblaut geredet, oft auch nur geflüstert.

In die Stille gab Kruse ein vernehmliches „Moin" von sich, der Friesengruß für alle Tageszeiten, selbst für nächtliches Aufeinandertreffen, was ein vielfach gemurmeltes Echo dieses Grußwortes auslöste. Er hatte, was er Holthaus unumwunden eingestand, die Leute über seine Verabredung mit dem Polizeibeamten informiert, eigentlich nur wenige, doch die Nachricht war wie ein Feuer von Warft zu Warft übergesprungen. Kruses Tisch stand in der äußersten Ecke des Raumes, zu den Fenstern hin, und obwohl noch Stühle frei waren, setzte sich niemand zu ihnen.

Holthaus' Versuch, das Gespräch vom Mittag fortzusetzen, kam nur zäh in Gang. Kruse wirkte abgelenkt, gab sich keine sonderliche Mühe, leiser zu sprechen, als er allmählich in Fahrt kam und vom Streit zwischen Boye Asmussen und Hinnerk Rensing erzählte. Immer wieder sah er zu den Leuten rüber, die zwar auch manchmal ein bißchen miteinander redeten, aber in erster Linie wohl mitkriegen wollten, was der Bürgermeister mit dem Polizisten zu besprechen hatte.

Die Sache mit Boye Asmussen und Hinnerk Rensing war wohl doch anders gelaufen, als Pastor Wittensen erklärt hatte, der es vielleicht auch gar nicht besser wußte. Es ging bereits etliche Zeit so, daß die beiden sich immer wieder mal in die Haare gerieten. Das mit dem Strandgut war eigentlich ein Dauerthema bei ihnen, sie kannten die besten Plätze, wo am ehesten was Brauchbares angeschwemmt wurde. Dazu mußte man sich mit dem Watt auskennen, das sich ständig veränderte, mal hier, mal da einen Meter tiefer wurde oder auch mal flacher. Die beiden trieben sich deshalb oft an den entsprechenden Stellen herum, erst recht, wenn erneut ein Landunter bevorstand oder die Hallig dabei war, wieder leerzulaufen. Selbst mit den Fäusten waren sie schon aufeinander losgegangen, und da Boye Asmussen ein Baum von einem Mann war, hatte der eher schmächtige Hinnerk Rensing dabei natürlich immer schlechte Karten.

Freunde waren sie ganz bestimmt nicht, und entgegen Boye Asmussen, dem das alles nichts anzuhaben schien, litt der im Grunde seines Herzens friedfertige Hinnerk Rensing wie ein getretener Hund unter den Streitereien, die fast immer von Boye Asmussen ausgingen und die sich fortsetzten, wo und wann immer die beiden sich begegneten. Dabei lagen ihre Warften eigentlich weit genug auseinander, daß sie sich nicht ständig auf die Füße treten mußten. Von der Olsenswarft, der östlichsten Warft, auf der Boye Asmussen in einer der hinteren Reetdachkaten unterm Dach hauste, waren es immerhin gute drei Kilometer bis zu Hinnerk Rensings Bleibe auf der Obelitzwarft.

Alle wußten von dem Zank zwischen den beiden, bekamen auch mit, wie Hinnerk Rensing sich damit abquälte und immer mehr in sich zusammensackte, doch keiner rührte einen Finger, um den Streit zu schlichten, und erst recht kümmerte sich niemand um den armen Hinnerk Rensing, der irgendwann daran zerbrochen wäre, hätte es da nicht doch eine einfühlsame Seele gegeben, deren Herz sich für ihn auftat. Das war die alte Merle von der Ivertsenswarft, der unscheinbarsten, der schmucklosesten von allen Warften, Merle Jonasson. Sie war wirklich ziemlich alt, war schon ein paar Jährchen über die Achtzig hinaus. Nur einmal in ihrem ganzen Leben hatte sie die Hallig verlassen, und das war für die Geburt ihres einzigen Kindes, eines Jungen, der schon kränklich auf die Welt kam und den sie dann zum Friedhof bringen mußte, noch bevor er in die Schule kam. Ihren Mann nahm ihr die See, er fuhr als Steuermann auf einem Massengutfrachter und ging mit drei weiteren Besatzungsmitgliedern vor der kanadischen Ostküste in einem üblen Wintersturm über Bord. Das lag nun bereits Ewigkeiten zurück, und seitdem wohnte Merle auf der Ivertsenswarft allein in dem Haus, das ihr noch der Mann gebaut hatte und das längst schon über ihr zusammengefallen wäre, wenn nicht immer mal wieder ihr Großneffe vom Festland sich darum gekümmert hätte.

Zu ihr trieb es Hinnerk Rensing in seinem Kummer immer wieder hin, nachdem sie ihn zu sich gewunken hatte, als er wieder einmal an der Ivertsenswarft vorbeistrich. Von da an brannte im Haus von Merle das Licht oft bis spät in die Nacht und sogar mitunter bis zum Anbruch des neuen Tages. Für Heimlichkeiten waren Halligen noch nie der richtige Ort, warum sollte das auf Uthoog anders sein? Überall reichte der Blick bis zum Horizont, und wenn's schon nicht mehr die eigenen Augen schafften, half der Feldstecher aus, und davon gab's auf jeder Warft sicherlich in jedem Haus mindesten einen.

Genächtigt hat Hinnerk Rensing aber nie auf der Ivertsenswarft, da gab's kein Vertun. Irgendwie hatten sich die beiden arrangiert; Essen, ja. Kaffee, ja, Kuchen, ja, mal einen Köm oder einen Rum oder auch ein Glas Grog oder Teepunsch, alles in Maßen, ja. Aber gemeinsam im Bett gelegen haben die beiden nie, da waren sich alle einig, denn sie kannten doch Merle. Das hätte sie nie gemacht, nicht mal auf der Couch in der guten Stube hätte Hinnerk Rensing sich zusammenrollen dürfen. Nein, er zog am Ende wieder los zu seiner Obelitzwarft, wenn sie genug voneinander gehabt hatten an dem Tag, egal, ob es wie aus Kübeln goß, schneite oder der Sturm den Armen beinahe von der Straße runterblies.

Alle fanden, daß es für die beiden wirklich das Beste wäre, wenn sie richtig zusammenwohnten. Sie mußten ja auf ihre alten Tage nicht noch heiraten, das verlangte ja keiner, aber gemeinsam unter einem Dach auf der Ivertsenswarft, auf Dauer, das wäre doch ganz gediegen, das bekäme doch beiden ganz bestimmt ganz famos. Doch da war nichts zu machen; mit Merle sowieso nicht, und ob Hinnerk Rensing am Ende tatsächlich auf die Ivertsenswarft gezogen wäre, wenn Merle ihn gelassen hätte, da waren sich die Uthooger gar nicht so sicher.

Als Boye Asmussen dann starb, zündete Hinnerk Rensing zwar keine Freudenfeuer an, aber er atmete sichtbar auf, was keinem entging, er wirkte wie von einer Tonnenlast befreit, streckte das Kinn unternehmungslustig nach vorn und sprang wieder umtriebig umher wie in frühen Tagen und ging allen zur Hand, die nach ihm riefen. Und Merle blieb er treu, auch wenn er jetzt von Boye Asmussen nichts mehr zu befürchten hatte, der auf dem Friedhof tief genug vergraben lag.

Das Licht in ihrem Haus brannte genauso lange wie vorher, und die Leute von den Warften, an denen er nun mal vorbei mußte auf seinem Heimweg, die Vollertswarft, die Laurenzwarft und Meddelmit, die zusammengehörten, weil sie so dicht beieinander lagen, bekamen oft genug mit, wenn er, egal, welches Wetter herrschte, wieder Kurs auf seine Heimatwarft nahm.

Es war sogar vorgekommen, daß der Halliglehrer seine drei Pennäler kaum von den Fensterscheiben wegkriegte, an denen sie sich die Nasen plattdrückten, wenn Hinnerk Rensing die Warft wieder mal nicht an der Rückseite, sondern geradewegs Richtung Klassenzimmer hochstapfte, zu einer Uhrzeit, in der sich die Schule im vollen Unterrichtsbetrieb befand. Dabei schätzte es Thies Henningsen überhaupt nicht, wenn sein Lehrplan samt den ihm anvertrauten Schützlingen auf diese Weise aus dem Tritt gerieten. Seine Frau ging da viel nachsichtiger mit dem Heimkehrer um, und kam der an ihrem Fenster vorbei, gab's auch schon mal einen verspäteten Morgenkaffee. Vor ihr hatte Hinnerk Rensing großen Respekt, schließlich war sie eine Frau Doktor, keine Ärztin, nein, das war sie nicht, sie hatte irgendwas mit Erdkunde und Heimatkunde zu tun, wußte eine Menge über die Entstehungsgeschichte der Halligen und Inseln und so weiter, deshalb führte sie auch im Sommer die Touristen quer über die Hallig und erklärte ihnen alles. Sie war nicht auf der Hallig geboren, zugezogen wie er selbst, ihr Mann übrigens auch, der stammte von einer der Nachbarinseln. Das mochte Hinnerk

Rensing an den Henningsens, das gefiel ihm.

Kruse machte eine Pause, nippte an seinem Kaffee, hatte bislang nichts gegessen, während er erzählte. Holthaus hingegen hatte sich Matjes und Krabben kommen lassen und war von der Größe der Portionen überrascht worden, mit denen er sich noch abmühte. Essensgeruch waberte durch den Raum, vermischt mit Tabaksqualm, der sich um die Lampen drehte.

An fast allen Tischen wurde gegessen und klimperten Besteck und Gläser, doch große Gespräche kamen nicht auf. Holthaus wurde den Eindruck nicht los, daß alle sich nach wie vor bemühten, wenig Lärm zu veranstalten, um nichts zu verpassen, was am Bürgermeister-Tisch ablief.

Von sämtlichen Warften waren Leute erschienen, faßte Kruse nach erneuter Rundumsicht zusammen, natürlich nicht alle, was ja ganz natürlich wäre, um sich sogleich zu verbessern, daß von der Ivertsenswarft keiner gekommen war; Merle Jonasson sei auf ihrer Warft geblieben, was man ja verstehen könnte, denn so gut zurecht sei sie sowieso nicht mehr und außer ihr wohnte da im Augenblick auch niemand. Gäste wären keine da um diese Zeit, die Ferienwohnungen stünden alle leer, und Marieke, die sie vermiete, sei mit ihrem Mann seit längerem auf dem Festland unterwegs.

„Das muß ja ein herber Verlust für die alte Dame gewesen sein, als dieser Hinnerk plötzlich starb und wegblieb", stellte Holthaus fest, „auf einmal wieder ganz alleine. Sie muß doch immer noch darunter leiden, denn so lange ist das alles doch noch nicht her. Nur wenige Wochen."

„Jo, dat jo, aver so decht wöörn de biden nu ok wedder nech tosamen west", merkte Kruse in beschwichtigendem Tonfall an, „kloor, fideeler es de Deern dordör nech worn." Kaum hatte er den Satz herausgebracht, schien es ihm bereits leidzutun, so respektlos dahergesprochen zu haben. Einige der Leute an den Nachbartischen lachten. Er bemühte sich dann, nicht mehr so stark in seinen Dialekt zu verfallen, obwohl Holthaus ihn bisher ziemlich gut verstanden hatte.

„Klar, die gute Merle hätt' ihn gern noch 'n bißchen um die Ohren gehabt", fuhr Kruse fort, „aber damit ist es jetzt aus. Aus und vorbei."

Doch Merle Jonasson trug's mit Fassung, erfuhr Holthaus dann weiter, Halligfrauen seien zäh, die fielen nicht gleich um, wenn's mal dicker käme, und Merle Jonasson schon gleich gar nicht. Klar, sie trauere dem Hinnerk Rensing noch nach, aber das gäbe sich wieder, schließlich sei sie ja nicht mit ihm verheiratet gewesen, er hätte ja nicht mal bei ihr übernachten dürfen. Also, um die Merle müsse man sich keinen Kopf machen. Kürzlich habe er sie schon ein Liedchen pfeifen hören, ganz kurz nur, nicht laut, aber immerhin.

Es war inzwischen merklich leiser im Raum geworden, die Esserei hatte aufgehört, die Leute saßen vor blanken Tischen, nur noch eine Flasche oder ein Glas vor sich. Der Bürgermeister räusperte sich, stand auf und hielt so etwas wie eine Ansprache. Er erzählte die Geschichte, die alle bereits zu kennen schienen, die Sache mit Hinnerk. Und indem er auf Holthaus zeigte, wies er darauf hin, daß die Polizei sich darum kümmern müßte, das sei ja klar, auch wenn es da nichts zu ermitteln gäbe, denn der gute Hinnerk sei durch die verdammte Flut einfach aus dem Sarg geholt worden, in dem er vorher ganz, ganz sicher gelegen hätte, da gäb's nichts zu deuten, außerdem hätten sie doch die ganze Hallig abgesucht nach ihm, der Hinnerk sei weg, der sei weg für immer, der sei schon auf dem Weg zum Herrgott, und wer jetzt noch was fragen wollte, der sollte sich gefälligst melden.

Es gab nur wenige Fragen, und als die erste an den Polizisten gerichtet wurde, stand Holthaus auf und stellte sich vor. Der noch junge Polizeibeamte hatte selten vor so großer Zuhörerschar gesprochen und brauchte ein paar Sätze, um seine Nervosität zu verlieren. Erst recht, weil er wußte, daß er es mit Halligleuten zu tun hatte, mit Nordfriesen, und daß er seine Worte sorgfältig abwägen mußte, um ernstgenommen zu werden, schon deshalb, weil er vom Festland kam.

Wonach er denn jetzt hier auf der Hallig suche, wollte ein Mann wissen, der sich ziemlich bald gemeldet hatte. Den Hinnerk habe sich die See geholt, das wär' ja nicht zum ersten Mal passiert, da sollte er beim Pastor mal die dicken Bücher wälzen, und beim Hinnerk sollte man besser an rein gar nichts mehr dran rühren, vielleicht wär' das ja alles so was wie eine Vorbestimmung, er wär' ja immerhin ein paar Jahre Seemann gewesen, mit Kap Hoorn und so.

Als der Mann schwieg, machte sich Gemurmel breit, das Holthaus als Zustimmung empfand. Er stand immer noch neben dem Tisch und blickte auf die Leute und schaute nur in Gesichter, niemand kehrte ihm den Rücken zu, alle Stühle waren zu ihm hin gedreht worden.

Mit der vorsichtig angedeuteten Überlegung, der Sarg könnte womöglich bereits vor der Flut leer gewesen sein, kam er überhaupt nicht an, das merkte Holthaus überdeutlich, erntete nur laute Proteste und heftiges Kopfschütteln. Er hörte den Namen des Pastors fallen, man schien genau Bescheid zu wissen, und wenn jemand von Wittensen sprach, wurden die Gesichter nachsichtig und milde, ja, geradezu liebevoll verklärt. Was der arme Mann alles durchgemacht habe, da könnte doch jeder schon mal den Verstand verlieren, für kurze Zeit jedenfalls.

Damit war offensichtlich die Angelegenheit mit dem leeren Sarg für alle geklärt, und auch Holthaus' Zweifel an der Darstellung des Pastors wuchsen weiter.

Was denn nun mit Hinnerks Grab passiere, wenn der nicht drinliege, rief eine Frau von hinten über die Köpfe hinweg. Der Bürgermeister fühlte sich angesprochen, bedeutete Holthaus mit einer leichten Handbewegung, daß er sich ruhig wieder hinsetzen könnte und tat kund, daß das die Gemeinde nichts angehe, dafür sei die Kirche zuständig, da habe er, Kruse, nichts zu sagen. Das müsse Pastor Wittensen ganz allein entscheiden, denn bei ihm habe Hinnerk sein Grab gekauft. Und ob da nun einer im Grab drin sei oder nicht, das sei doch auch überhaupt nicht so wichtig.

„Regt euch nicht auf, Leute, da ist noch Platz genug", schloß Kruse, „keiner muß Angst haben, daß sich für ihn kein Eckchen mehr findet. Unser Friedhof ist groß genug."

Heiterkeit machte sich breit, einige Gesichter blieben jedoch ernst und nachdenklich. Dann hob noch ein Mann den Arm, er stand auf und schlagartig wurde es ruhig, fast still ringsum. Alle sahen zu ihm hin. Ein Bilderbuchfriese, stellte Holthaus fest, wie aus einem der Reisekataloge entsprungen; er konnte den Mann gut wahrnehmen, denn der stand in der Mitte des Raumes. Nicht sonderlich groß, aber von kräftiger Gestalt, volles, festes Haar, vormals wohl hellblond, jetzt weiß wie Schnee, und weiß wie Schnee war auch der Bart, der das gebräunte, zerknitterte Gesicht umrandete.

Kruse betrachtete den Mann, als wüßte er, was ihn nun erwartet: „Na, Frerich, wat hest du dann noch op dien Hart, wat wist du uns noch frogen?"

Der so Angesprochene schaute sich nach allen Seiten um, holte ausgiebig Luft, fixierte dann den Bürgermeister als den Adressaten seiner Mitteilung.

„Nee, frogen wüll ick nech. Aver wat seggen för de Tied, wenn ick mol mien Löffel afgeven heff un to 'n Karkhof ömtrecken do." Der Mann hielt einen Augenblick inne, Holthaus glaubte es in seinen Augen blitzen zu sehen, bevor er fortfuhr.

„Denn makt dat Graff nech so deep. Ick wüll dat nech so deep hann."

Erneut entstand eine kurze Pause, gespannt reckten die Leute die Köpfe, tuschelten untereinander. Schon schickte sich der Bürgermeister an, in das Geschehen einzugreifen, da spannte der Mann, den sie Frerich nannten, die Brust.

„Ick wult jümmers mol 'n Krüüzfohrt maken, grad so as de Hinnerk dat doon hät, grad so! Also, lev Lüüd, nech so deep rin met de Holzkest, nech so deep, sünst ward dat nix!"

Kaum hatte der Mann ausgesprochen, brach er in ein dröhnendes Gelächter aus, in das die Leute erst zaghaft, dann immer lauter mit einstimmten. Kruse versuchte, Holthaus das Ganze zu übersetzen, doch der winkte ab, denn so weit reichten inzwischen seine Dialektfertigkeiten, um den Mann zu verstehen. Er beobachtete vielmehr die Leute und versuchte, sich ein Bild von der Situation zu machen, die sich ihm bot. Aber noch ehe er sich richtig wundern konnte, wie die Menschen mit der an sich doch traurigen, noch dazu äußerst mysteriösen Begebenheit umgingen, schwoll der Lärm wieder ab. Er überlegte, was er noch tun könnte, um vielleicht doch noch etwas mehr über das geheimnisvolle Verschwinden des Toten herauszufinden. Doch was sollte das sein? Wenn er sich die Leute ansah, die jetzt nur noch unter sich zu sein schienen, sich um andere Dinge zu kümmern begannen, wie er den aufgefangenen Wortfetzen entnahm, so wurde ihm immer klarer, daß er seine Faktensammlung um den Fall schließen konnte, jedenfalls hier und heute an diesem Ort, bei dieser Gemeindeversammlung, denn nichts anderes war es im Grunde gewesen.

Kruse hatte wohl seine Gedanken erraten, legte die Hand auf seinen Arm und beschied ihm, es nun gut sein zu lassen, alles wäre gesagt, da käme nichts Neues mehr ans Tageslicht.

Im Nu fand er sich alleine am Tisch wieder, denn Kruse war auf einmal verschwunden, ohne daß Holthaus wußte, ob er zurückkehren würde. Niemand von den Leuten kam zu ihm an den Tisch, man schaute zu ihm herüber, doch eher beiläufig, nicht unfreundlich, aber auch nicht sonderlich interessiert. Diese Leute für sich einzunehmen, von ihnen akzeptiert zu werden, ihr Vertrauen zu gewinnen, mußte ein ungeheures Stück Arbeit sein, dachte Holthaus, doch diese Zeit hatte er nicht. Reizen würde es ihn ganz sicher, denn er mochte eigenbrödlerische, kantige Menschen, die nicht immer gleich losplapperten, eigenwillige Menschen, denen man jedes Wort oft regelrecht abringen mußte.

Die ersten Leute gingen schon, als Kruse zurückkam. Neue Leute seien seit gestern nicht mit dem Schiff angekommen, auch sei keiner weggefahren, der nicht von Uthoog stammte, habe ihm der Lademeister versichert. Es wären sowieso im Augenblick nur vier Fremde auf der Hallig, und die wohnten alle auf der Olsenswarft und wären immer noch da, setzte der Bürgermeister hinzu und erkundigte sich bei Holthaus, was er nun weiter zu tun gedächte. Dabei verriet sein Gesicht überdeutlich, daß er die Angelegenheit als erledigt einstufte und der Abreise des Polizeibeamten nichts mehr im Wege stünde.

Holthaus sah den letzten Leuten zu, wie sie das Wirtshaus verließen, während er dem Bürgermeister seinen Plan für den nächsten Tag ausbreitete, sämtliche Warften zum Abschluß noch aufzusuchen, nicht lange, sie nur mal aus der Nähe in Augenschein zu nehmen, vielleicht aber auch nur die Ivertsenswarft, die in erster Linie, damit er auch Merle Jonasson kennenlernte, die mit dem verschwundenen Toten so gut bekannt war. Und die Schulwarft, also die Obelitzwarft, auf der Rensing gewohnt habe, wolle er sich mal näher ansehen.

Kruse hielt mit seiner Meinung nicht hinter dem Berg zurück, betrachtete Holthaus' Pläne rundum als unnütze Zeitverschwendung. Er könnte sich ja melden, ihn anrufen, wenn er noch Unterstützung brauchte, ansonsten sei er meistens im Haus der Gemeindeverwaltung anzutreffen oder irgendwo draußen. Dann war er nicht davon abzubringen, Holthaus' Zeche zu übernehmen, und während er bezahlte, musterte Holthaus die blonde Frau, die sie während des ganzen Abends gemeinsam mit einer älteren Kollegin bedient hatte. Über ihre scharfgeschnittenen, herben Züge huschte ein kleines Lächeln, als sie kurz zu ihm hersah. Sie vermiete Zimmer auf der Olsenswarft, die gute Bente, erläuterte Kruse, als sie gegangen war, doch davon alleine könnte sie nicht leben, und mit den Männern hätte es nicht so geklappt bei ihr.

Holthaus schlug das Angebot des Bürgermeisters aus, ihn mit dem Auto zur Kirchwarft zurückzufahren, wollte noch ein bißchen laufen. Es war kurz vor Mitternacht, als er aufbrach. Kruse zeigte ihm noch vom Warftrand aus die Richtung, die er einschlagen mußte, deutete in die Dunkelheit hinaus, hin zu einigen Lichtern am Horizont, ein etwas helleres darunter, das zum Anleger gehörte. Holthaus wußte, daß er erst eine Weile in diese Richtung gehen mußte, bevor zur linken Seite die kleine Straße abzweigte, die zur Kirchwarft führte. Dort, wo er das Pastorat vermutete, zeigte sich kein Licht, war es vollkommen dunkel.

Nach dem Tidenkalender lief die See seit geraumer Zeit wieder heran, die Flut kam zurück; das Wasser stand demnach bald erneut gegen die niedrigen Sommerdeiche an, doch diese waren zu weit weg, so daß von der See nichts wahrzunehmen war, bis auf das Rauschen vielleicht, das aus einer unbestimmbaren Distanz an Holthaus' Ohren drang. Doch ebensogut konnte das Geräusch von den Bäumen einer der Warften hinter ihm stammen, denn der Wind hatte noch zugenommen, fiel ihm schräg in den Rücken und schob ihn ungestüm vor sich her.

Ohne daß er etwas davon sehen konnte, kam Holthaus das Meer allgegenwärtig vor, er bildete sich ein, es zu riechen, stellte es sich wie ein lauerndes Raubtier vor, das sich zum Sprung niederkauerte und auf eine günstige Gelegenheit wartete, um erneut über die Hallig und ihre Bewohner herzufallen. Instinktiv sah er sich um, leuchtete mit seiner Lampe, deren Licht immer schwächer wurde, die nähere Umgebung ab, doch außer dem schwarzen Band der Straße und ein paar Metern der angrenzenden Wiesen geriet nichts in sein Blickfeld. Den Priel, den er auf dem Hinweg wahrgenommen hatte, fand er nicht mehr. Selten war er sich ausgesetzter vorgekommen als in diesem Moment. Links von ihm, weit voraus, durchschnitten kleiner werdende Scheinwerferkegel die Schwärze, vermutlich ein Auto, das in westlicher Richtung fuhr, wohl die Straße benutzte, an der auch die Obelitzwarft und die Ivertsenswarft lagen, wo Merle Jonasson wohnte.

Als Holthaus an der Abzweigung zur Kirchwarft stehenblieb, war ihm, als wäre er nicht alleine unterwegs. Es mußten Leute sein, die geradeaus zur Barkenswarft weitergingen, der letzten Warft auf dem Weg zur Anlegebrücke des Fährschiffs. Stimmen vernahm er nicht, doch hin und wieder blitzte eine Lampe auf, auch in seine Richtung, als halte man Ausschau nach ihm.

Dunstschwaden zogen über die Straße und verschluckten sein dürftiges Lampenlicht, er konnte nur noch wenige Schritte weit nach vorne sehen und zweifelte fast daran, auf dem richtigen Weg zu sein, als sich urplötzlich die schwarzen Umrisse der Kirchwarft schwach gegen den nachtdunklen Himmel abzuzeichnen begannen.

Nichts für ängstliche Leute, dachte Holthaus, während er die Warft emporstieg und, bevor er sich zum Pastoratsgebäude wandte, kurz in den Friedhof leuchtete und einige der übel zugerichteten Gräber mit der Lampe erfaßte. Der Wind heulte hörbar durch das Geäst der Bäume und Sträucher. Was für eine Umgebung für die Pastorenfamilie, die hier ganz alleine in dem mächtigen Pastorat mit seinen vielen Ecken und Erkerchen und Winkeln lebte! Selbst furchtlose Gemüter hätten gewiß ihre liebe Mühe damit, an einem Ort wie diesem zu wohnen, erst recht mit Kindern. Wie schafften das die Wittensens nur! Holthaus schüttelte in der Dunkelheit den Kopf, konnte sich das wirklich nicht vorstellen.

Der Sarg an der Treppe fehlte. Ohne Widerstand ließ sich die Eingangstür aufdrücken. Auf der Hallig verriegelte man keine Türen, hatte Holthaus von Wittensen gehört, auch nicht im Sommer, wenn die Gäste da waren. Bisher sei noch nichts entwendet oder gar Schlimmeres angestellt worden. Niemand käme doch unbehelligt von der Hallig weg, überall Wasser, jeder müsse schließlich das Fährschiff nehmen. Bei Ebbe durchs Watt hin zu einer der Inseln oder zur Nachbarhallig zu laufen, sei nur an ganz bestimmten Stellen möglich, und das auch nur, wenn ganz besondere Umstände hinsichtlich Wetter, Gezeitenstand und so weiter zusammenträfen. Nur wenige Männer auf der Hallig hätten das Zeug dazu, alle übrigen, die es versuchten, liefen in den sicheren Tod.

Im matten Schein der Lampe tastete er sich durchs Treppenhaus nach oben. Trotz aller Vorsicht knarrten die Stufen so vernehmlich, daß seine Rückkehr den Wittensens wahrscheinlich nicht verborgen blieb. Er machte zunächst kein Licht an, trat zu einem der Fenster und sah zum Friedhof hinab, der mit der Finsternis ringsum verschwamm und kaum noch Einzelheiten preisgab. Der Himmel kam ihm jetzt eine Spur heller vor, und er entdeckte neue Lichter in der Ferne. Sie mochten zu jenen Sänden gehören, die im Laufe der Zeit im Westen aus dem Meer emporgewachsen waren und teilweise als Vogelschutzgebiete herhielten. Nicht selten ließen die Gezeitenströme wieder neue Sände entstehen, andere wiederum holte sich das Meer zurück.

*

Am darauffolgenden Morgen hatte Holthaus soeben den Fuß in den Flur der Pastorenwohnung gesetzt, als Wittensen bereits herbeistürzte und alles über sein Treffen mit dem Bürgermeister erfahren wollte. Holthaus erzählte ihm nicht viel, verschwieg ihm erst recht die einhellige Meinung der Leute zum Hergang der Geschehnisse um das Grab von Hinnerk Rensing. Fast war er versucht, den Pastor zu fragen, warum er nicht auch im „Seelöwen" dabeigewesen war, da sich doch beinahe die ganze Hallig dort versammelt hatte, wovon Wittensen aber nichts zu wissen schien.

Ein bißchen zögerte der Pastor, bevor er sich in sein Arbeitszimmer zurückzog, und in seinem geradezu jungenhaft wirkenden Gesicht standen erneut unübersehbare Anzeichen von Zweifel und Unsicherheit geschrieben.

Jochimsen gab sich mit Holthaus' knappem Bericht ohne große Nachfragen zufrieden, wohl ahnend, daß sein Mann am Telefon nicht sämtliche Ermittlungsergebnisse offenlegen konnte, zeigte sich von seiner Ankündigung, vielleicht schon morgen, spätestens übermorgen zurückzukommen, indes sehr angetan. Holthaus' Absicht, zum Abschluß die Warften, jedenfalls diejenigen, die irgend einen Bezug zu dem Fall hatten, noch aufzusuchen, nahm er gleichmütig zu Kenntnis.

„Ja, tun Sie das, Holthaus, tun Sie das. Neues wird nicht herauskommen dabei, die Angelegenheit liegt doch wohl klar auf der Hand. Da ist für uns nichts zu tun, da ist kein Schuldiger zu suchen. Kommen Sie so bald wie möglich zurück, hier wartet eine Menge Arbeit auf Sie", waren

Jochimsens letzte Worte, die Holthaus aus dem Hörer vernahm, der sich ganz warm angefühlt hatte, als er ihn von der Wandhalterung nahm. Jemand hatte wohl vor ihm telefoniert, und der Polizist erinnerte sich, Stimmen gehört zu haben, bevor er nach unten ging.

Es stürmte noch heftiger als am Vortag, und so mußte er sich von Anfang an gegen den starken Wind anstemmen, der seine Richtung nicht nennenswert geändert hatte und ihm ziemlich genau von der Obelitzwarft her entgegenblies, die er als erstes besuchen wollte. Er hatte seinen Plan kurzentschlossen geändert, nur noch die Obelitzwarft und die Ivertsenswarft interessierten ihn noch, von den übrigen versprach er sich nichts mehr, was ihm irgendwie in der Sache weiterhelfen könnte.

Dichte, dunkle Wolken trieben über den Himmel, doch es regnete nicht. Zu verfehlen war keine der Warften, sie lagen wie auf einem Präsentierteller über die Hallig verteilt, mit gehörigem Abstand zueinander, nur eine einzige Straße führte zu ihnen, es gab überhaupt nur diese eine Straße, die sich wie ein grobes Netz über das Halligland ausbreitete und an dessen Rändern aufhörte; wer sie befuhr, mußte am Ende umdrehen, um dorthin zurückzugelangen, von wo er aufgebrochen war.

Wittensen hatte keine Anstalten gemacht, ihn zu begleiten, ihm aber mit weit ausgestrecktem Arm die beiden Warften gezeigt, die Holthaus als

Ziel seiner Erkundungen benannte. Eine Sturmflut mit Landunter schloß der Pastor wiederum aus, außerdem würden die Halligleute sofort – außer nach ihrem Vieh und den gefährdeten Gerätschaften unterhalb der Warften – nach den Fremden schauen, die sich auf der Hallig befänden. Bisher sei noch kein Gast zu Schaden gekommen, da seien die Halligleute äußerst sorgsam und vorsichtig. Warum er gerade diese beiden Warften aufsuchen wollte, hatte Wittensen nicht gefragt.

Noch bevor Holthaus mit der Umrundung der Obelitzwarft beginnen konnte, entdeckte er den Lehrer, er mußte es sein, auf einer Leiter, am Haus werkelnd. Keine Schule heute? Es war doch Donnerstag, ein normaler Schultag, Ferien gab's eigentlich um diese Jahreszeit auch keine. Das Rätsel gab sein Geheimnis alsbald preis, denn als Holthaus schließlich den Weg zur Warft anstieg, klebten auf einmal drei Kindergesichter an einer Fensterscheibe, zwei Jungen und ein Mädchen.

Als sehr gesprächig erwies sich der Lehrer nicht, machte zunächst keinerlei Anstalten, von der Leiter herabzusteigen. Obwohl er gestern nicht im „Seelöwen" dabei war, denn Holthaus konnte sich nicht an den Mann erinnern, schien Thies Henningsen bereits zu wissen, wer ihn da bei seiner Arbeit störte. Erst als Holthaus fragte, ob er sich ein bißchen auf der Warft umblicken, vor allem die Wohnung von Hinnerk Rensing inspizieren könnte, erwachte der Lehrer zum Leben, sprang von der Leiter, bestand aber darauf, daß der Polizeibeamte zunächst einen Blick in die Halligschule werfen müsse.

Welche Idylle, stellte Holthaus fest! Drei Schüler und ein riesengroßes Klassenzimmer, in das auch zwanzig und noch mehr Kinder hineingepaßt hätten; vollgestellt mit Tischen, Stühlen, Kästchen und Kisten und Kartons; tausend lose Blätter und Zettel, hingepackt und angeklebt allüberall; zwei Aquarien mit Fischen, von denen Holthaus keinen einzigen kannte; eine übergroße grüne Klappwandtafel, vollgeschrieben mit Stundenplänen und vielerlei Wörtern und Begriffen, gelösten und nicht gelösten Rechenaufgaben, Resten von Deutschdiktaten; an den Wänden ungerahmte Blätter mit bunten Zeichnungen und Malereien in unterschiedlichen Größen und Techniken. Neben der Tür fehlte auch nicht das obligatorische Portrait des amtierenden Bundespräsidenten, das in allen Schulen, so weit war Holthaus informiert, aufgehängt wurde. Von den Pastorenkindern war keines unter den Dreien, die an den Tischen hockten und verstohlen zu ihm herübersahen.

Trotz des sichtbaren Durcheinanders ging von dem Raum eine merkwürdige Sauberkeit und auch eine gewisse Ordnung aus, und Thies Henningsen führte Holthaus mit erkennbarem Stolz in alle Ecken und Nischen, begleitet mit mancherlei Erklärungen und Belehrungen.

Die Wohnung von Hinnerk Rensing sei nicht

abgeschlossen, sie sei leer, gehöre dem Land wie überhaupt das ganze Schulgebäude, beschied dann der Lehrer, dessen Interesse an Holthaus' Anliegen nach seinem Referat über die Halligschule merklich abflaute. Neue Mieter gäbe es noch nicht, das Hab und Gut von Hinnerk Rensing sei in den Besitz der Gemeinde übergegangen, viel sei das sowieso nicht gewesen, Erben gäbe es keine. Und überhaupt, in der Wohnung gäb's nichts aufzuspüren, nichts zu finden. Er führte Holthaus hinter die Schule und zeigte auf ein unscheinbares Nebengebäude. Die untere Wohnung mit den zwei Fenstern sei Rensings Wohnung gewesen, er könne sie sich gern ansehen. Dann nickte er kurz mit dem Kopf und verschwand wortlos durch eine der vielen Türen an der Rückseite des Schulgebäudes.

In der Tat gab die Wohnung nichts her, das Holthaus irgendwie hätte weiterbringen können. Aber nach was suchte er eigentlich? Er wußte es selbst nicht, vielleicht war es nur eine angeborene Neugier, die ihn jetzt noch bewegte, nachdem doch festzustehen schien, daß es hier kein strafbares Delikt aufzuklären galt. An den Decken der leergeräumten Wohnung hingen nur noch die nackten Glühbirnen, die Zimmerwände verrieten durch hellere Flächen, daß sie einmal Bilder und Borde getragen hatten und Möbel gegen sie gestellt gewesen waren.

Außer dem Haus mit Rensings Wohnung gab es noch eine Reihe weiterer Häuser, dazu noch eine

Ansammlung von kleinen Hütten und Schuppen, alles dicht beieinander. Die begrenzte Fläche der Warft zwang zur Enge, doch im rückwärtigen Bereich war noch Platz für etwas Gartenland samt Sträuchern und Bäumen geblieben. Jenes fürchterliche Landunter, das über den Friedhof herfiel, fügte der Obelitzwarft keinen Schaden zu, das verriet bereits der Ring, der die Warft vielleicht einen Meter unterhalb ihres Randes umschloß und den Höchststand des Wassers anzeigte. Holthaus hatte die Markierung aus angeschwemmtem Heu und Stroh und anderem Treibgut schon bei seiner Umrundung wahrgenommen.

In die kleinen Gartenparzellen hatte sich wohl längere Zeit niemand mehr verloren. Ein paar Pflanzenstrünke ragten aus der zerfurchten grauen Erde heraus, Laub lag in den Vertiefungen und an den Kanten, wo der Wind es schlecht erreichen konnte. Es war Mitte November, Winterzeit, da würde sich für die nächsten Monate vermutlich keine Hand mehr rühren, dachte Holthaus. An den Ästen der Bäume fand sich kein einziges Blatt mehr.

Die übrigen Häuser machten einen bewohnten Eindruck, es gab Gardinen, sogar Namensschilder, die Holthaus las und bald wieder vergaß. Doch die Warft wirkte wie ausgestorben, nur der Wind machte einige Geräusche, irgendwo schlug eine Tür. Kein Hund, keine Katze, auch Vögel zeigten sich nicht. Wo mochten die Leute stecken, die hier lebten; bis auf den Lehrer hatte er noch keinen weiteren Menschen zu Gesicht bekommen. Und wenn er über die Hallig schaute, zu den nächsten Warften hin, erkannte er nur ab und zu einen dunklen Punkt, der sich bewegte, oder, seltener noch, ein Auto, das scheinbar geräuschlos auf der alles verbindenden Straße unterwegs war.

Zusammen gut hundert Leute lebten hier, und viel mehr waren es meist auch nicht in dieser Jahreszeit, weil die Gäste fehlten, hatte Kruse doziert. Wo hielten sie sich auf, wo waren sie jetzt, wie verbrachten die Menschen den Tag, die gestern abend im „Seelöwen" aufgetaucht waren, weil sie vom Bürgermeister gehört hatten, daß ein Polizist wegen der Sache mit Hinnerk Rensing käme?

Als Holthaus sich schon anschickte, die Warft wieder zu verlassen, tauchte in einem der schmalen Durchgänge eine Frau auf. Die Lehrersgattin, wie sich herausstellte, auch sie im „Seelöwen" nicht dabei, ungleich zugänglicher als Thies Henningsen, ein beredtes, freundliches Wesen, im Alter ihres Mannes, durchaus modisch gekleidet, eine flotte orangefarbene Baskenmütze schräg auf die Haare gedrückt und keck in die Stirn gezogen, ihr Gegenüber freundlich musternd.

Doch eine nennenswerte Unterhaltung, über die üblichen Redewendungen und Unverbindlichkeiten hinaus, wollte auch hier nicht so recht in Gang kommen, denn die Frau wußte wohl ebenfalls bereits, was sie wissen wollte, und so zeigte sie bald in die Richtung zu Merle Jonassons Warft, als ob es keinerlei Zweifel über Holthaus' nächstes Ziel geben könnte. Schöne Grüße an Merle trug sie ihm noch auf, merkte auch an, daß die alte Frau furchtbar nett sei, viel durchgemacht und sie der Tod von Hinnerk Rensing tief getroffen habe, vielleicht aber auch wieder nicht ganz so tief, wie manche Leute hier redeten. Als er wegging, spürte er den Blick der Frau förmlich im Rücken, doch als er sich umwandte, kurz bevor er die Warftkante erreichte, war nichts mehr von ihr zu sehen.

Holthaus zählte eher zu den Leichtgewichten, und so schüttelte ihn der stramme Wind kräftig durch, ließ ihn schon mal einen unbeabsichtigten Schritt zur Seite machen, zum Graben hin, der bis zum Rand Wasser führte. Regentropfen schlugen ihm hin und wieder hart ins Gesicht.

Bis zur Ivertsenswarft führte die schmale Straße wie am Lineal gezogen geradeaus. Mindestens anderthalb Kilometer, schätzte Holthaus, der sich wunderte, wie rasch dennoch die links der Straße gelegenen Warften auf ihn zukamen, ohne daß er bewußt darauf achtete. Sie wuchsen einfach in die Höhe, wurden deutlicher, größer, sahen aus wie kleine Festungen, und er hätte sich nicht gewundert, wenn urplötzlich Kanonendonner zu vernehmen gewesen und Pulverdampf aufgestiegen wäre. Wieviel Ferngläser wohl auf ihn gerichtet waren, seitdem er von der Obelitzwarft herunter und auf der Straße unterwegs war? Einladend wirkten die zumeist grauen Mauern und herabgezogenen Dächer jedenfalls nicht. Holthaus konnte sich nicht vorstellen, daß er in dieser Sekunde in irgendeinem der Häuser willkommen war.

Auf der Höhe der vor etlichen Jahren zusammengelegten zwei Warften glaubte er zu den Windgeräuschen noch Traktorengebrumm zu hören. Menschen bemerkte er keine, lediglich ein Auto mit zwei nicht zu erkennenden Insassen kam ihm entgegen, das vorbeifuhr, ohne die Geschwindigkeit zu verringern. Holthaus hob kurz die Hand, um eine Art Gruß zu signalisieren.

Von links rückte der Sommerdeich etwas dichter an die Straße heran, als er sich der Ivertsenswarft näherte. Es herrschte Ebbe, feucht und naß schimmerten die Wattflächen herüber. Die See hatte sich weit zurückgezogen und zeigte sich als dunkler Strich am Horizont. Kaum zu glauben, welch' mörderische Gewalt von ihr ausgehen konnte, wenn Wind und Wasser zu einer unheilvollen Allianz zusammenfanden, ging es Holthaus unwillkürlich durch den Kopf, als er die merkwürdigen Verwerfungen des sonst ebenen Halligbodens betrachtete, wenige hundert Meter links der Straße. Dort gab's ehemals eine Warft, die Prehnswarft. Sie ging unter vor vielen, vielen Jahren. Der Pastor hatte ihm diese Geschichte und noch mehr erzählt. In einer Nacht holte sich die See alles, verschlang das Haus, die Menschen, das Vieh, verschlang die ganze Warft. Zu einer Zeit, als die Aufwartungen noch kein Thema waren, jedenfalls nicht wie heutzutage, und die Leute von der Prehnswarft waren sorgloser verfahren als die anderen, lange war nichts mehr passiert an den Inseln und Halligen und an der Küste. Doch dann kam wieder so ein Ungetüm von Sturmflut, lief zu einer Höhe auf, die niemand für möglich gehalten hatte. Alle Menschen auf der Prehnswarft ertranken, mehr als ein Dutzend, sie wurden im Schlaf überrascht, nur ein paar von ihnen wurden gefunden, die anderen behielt die See. Wie durch ein Wunder kam damals niemand sonst auf Uthoog zu Schaden.

Anstelle des schwächer werdenden Windes begann es nun leicht zu regnen, als er die Invertsenswarft erreichte. Sie lag auf der rechten Seite, danach machte die Straße einen kleinen Bogen und lief auf die letzte Warft im Westen der Hallig zu, die Wetterwarft. Auf sie stießen die schlimmsten Stürme als erstes, denn diese kamen meist aus nordwestlicher Richtung. Doch sie lag so hoch, daß sie selten Schäden zu beklagen hatte, ebenso erging es der Ivertsenswarft, einen halben Kilometer versetzt hinter ihr gelegen. Vorsorglich hatte man den Sommerdeich in diesem Abschnitt ein Stück höher angelegt, auch gleich dahinter mit umfangreichen Steinschüttungen für zusätzlichen Halt des Halligbodens gesorgt.

Holthaus hielt auf der Straße kurz an, bevor er die Warft nach einem Blick über ihren Rand zu umrunden begann. Hier also wohnte Merle Jonasson, die letzte Weggefährtin von Hinnerk Rensing. Er hatte keinerlei Vorstellung, wie sie aussah, hatte bislang nicht einmal ein Foto von ihr gesehen. Auffallend viele Bäume streckten zwischen den Häusern ihre kahlen Kronen in den Himmel, doch es waren in der Mehrzahl jüngere Bäume, nur ein einziger dicker Stamm reckte sich im Innern der Warft in die Höhe. Holthaus zählte erheblich weniger Häuser als auf der Obelitzwarft, auch standen sie noch enger und verschachtelter beieinander, umkreisten einen Teich, in dem offenbar Regenwasser aufgefangen wurde. Jetzt erinnerte sich Holthaus, daß die Hallig seit einigen Jahren vom Festland aus mit Trinkwasser versorgt wurde, mit einer durchs Watt verlegten Leitung. Bei heftigen Stürmen war sie schon stellenweise freigespült worden, und die Leute fürchteten, daß mal ein Schiff oder der Sturm die Rohre zerstören könnte.

An der Ivertsenswarft endete der Ring aus den Rückständen des vergangenen Landunters, das der Kirchwarft so übel mitgespielt hatte, wie bei der Obelitzwarft schätzungsweise auch einen Meter unterhalb der Warftkrone. Holthaus hatte noch kein Landunter am eigenen Leibe miterlebt, kannte es nur von Fotos, von Berichten, aus Filmen, die von Flugzeugen aus gemacht worden waren. Das aufgewühlte Wasser so dicht vor den Füßen, ringsum von der See eingeschlossen, ohne Fluchtmöglichkeit, sicher nicht jedermanns Sache, so zu leben. Aber es gab wohl Menschen, deren ganze Welt nur aus so einem winzigen

Stückchen der See abgetrotzter Erde bestand, die dort geboren wurden, die vor Heimweh krank waren, wenn sie sich auch nur einen Tag zu lange woanders aufhielten.

Der Regen versiegte wieder und ohne auch nur ein einziges Lebenszeichen wahrzunehmen, kehrte er auf halber Höhe zum Ausgangspunkt zurück und stieg über den unbefestigten Weg die letzten Meter zur Warft hinauf. Und dort stieß er bald auf Merle Jonasson, das heißt, er nahm eine sich bewegende Gardine wahr, als er an der anderen Seite der Warft anlangte und einen Blick auf die Fassaden der Häuser warf, die an dieser Stelle weniger nahe am Warftrand standen und Platz für ein paar Gärten freiließen von der gleichen Art wie diejenigen auf der Obelitzwarft, sich selbst überlassen und auf das Frühjahr wartend. In der Ferne erkannte Holthaus unschwer die Kirchwarft, kein Baum, kein Strauch versperrte die Sicht dorthin. Nur Salzwiesen lagen zwischen den beiden Warften, doch unzählige kleine und große Wasserläufe mäanderten durch das blasse Grün, und sie alle endeten, soweit Holthaus das beobachten konnte, in zwei oder drei großen Prielen, von denen einer an manchen Stellen mächtig anschwoll und schon mehr an einen Fluß erinnerte.

Noch bevor Holthaus sich weiter umsehen konnte, war sie auf einmal draußen, Merle Jonasson, nur sie konnte es sein, denn auf der Warft wohnte ja gegenwärtig niemand außer ihr. Von ihm unbemerkt, war sie vor die Tür des Hauses getreten, in dem er sie vermutet hatte, dort stand sie nun und rührte sich nicht vom Fleck, sondern sah nur zu ihm hin, kaum mehr als fünf Schritte entfernt, mit einer Hand sich auf einen schmalen Stock stützend, mit der anderen ein schwarzes, weißgerandetes Umhängetuch vor der Brust zusammenhaltend.

Während Holthaus fieberhaft überlegte, was er sagen sollte, musterten ihn dunkle Augen aus einem auffallend weißen, von vielen Falten und Fältchen durchzogenen Gesicht, beinahe so weiß wie das hinter dem Kopf zu einem Knoten zusammengesteckte Haar. Die Augen blickten ein bißchen zu ihm hinauf, denn der zerbrechlich wirkende Körper war leicht nach vorne gekrümmt.

„Sie sind Frau Jonasson?" fragte Holthaus und ärgerte sich sofort, daß ihm nichts Besseres eingefallen war als diese simple Frage, setzte trotzdem gleich hinterher: „Merle Jonasson?"

Ganz leicht nickte der Kopf der alten Frau. Holthaus schaute irritiert auf ihren Mund und ihre Lippen. Keine herunterhängenden Mundwinkel, wie er das von alten Menschen kannte; ihre Lippen gingen mehr in die Breite, fast etwas hochgezogen an den Enden, wobei nicht ersichtlich war, ob sie ein leises Lächeln zeigten oder ob ihr Mund schon seit längerem so geformt war. Ein erstarrtes Weinen vielleicht, ein schmerzgezeichnetes Antlitz; manchmal sahen Gesichter so aus, wenn sie viel Leid ertragen mußten.

Holthaus stellte sich vor, nannte zum zweiten Mal, seitdem er auf der Hallig war, seinen Dienstgrad, verzichtete aber darauf, ihr seinen Ausweis hinzuhalten. In diesem Moment begann es wieder zu regnen. Die Frau winkte wortlos, drehte sich um und ging, trotz des Stockes, erstaunlich behende voraus ins Haus zurück. Holthaus empfand sich als eingeladen, lief gleich hinter ihr her. Er mußte sich ducken, um nicht mit dem Kopf gegen den niedrigen Türbalken zu stoßen.

Sie hatte zweifellos Besuch erwartet, womöglich sogar ihn? Holthaus hielt es nicht für ausgeschlossen, sah sie überrascht an, verkniff sich jedoch alle Fragen in diese Richtung. Ein zierliches Tischchen nahe den schmalen Sprossenfenstern trug bereits Teegeschirr samt Kuchentellern für zwei Personen. Er suchte unauffällig nach einem Telefon, wobei das nicht so einfach war, denn das kleine Zimmer quoll über von alten Möbeln und Schränken, großen wie kleinen, beladen mit Unmengen an Vasen und Bildern und Figürchen, auch buntbekleidete Puppen darunter. Wohl die gute Stube des Hauses; die Halligleute sagten Pesel dazu.

„Sei sünd also de Schandarm", war das erste, was Merle Jonasson sagte, nachdem Holthaus schon saß, „wegen dem Hinnerk sünd Sei do." Sie drückte sich ganz gerade in ihrem Stuhl, schaute durchs Fenster, und als Holthaus ebenfalls hinausblickte, entdeckte er die ferne Kirchwarft. Das gedämpfte Tageslicht, das von draußen in den von keiner Lampe erleuchteten Raum drang, fiel auf ihr Gesicht, und Holthaus bemerkte, wie sich langsam an jedem Auge eine kleine Träne bildete und die Wange herunterlief.

Friesentee hatte sie zubereitet, schwarz wie Kaffee sah er aus. Holthaus' Ansinnen, das Einschenken zu übernehmen, schlug sie aus, obwohl es ihr Mühe bereitete und ihre Hand zitterte, als sie den Tee in die Tassen goß. Auch den Kuchen, der mitten auf dem Tisch thronte, eine Art Topfkuchen mit bernsteingelbem Innern, schnitt sie mit einem großen Messer an und beförderte ein mächtiges Stück auf Holthaus' Teller und ein nur halb so großes auf ihren eigenen. Es war Mittag, wohl nicht die richtige Zeit für Tee und Kuchen, vielleicht hatte sie ihren Besuch später erwartet, ihn dann aber rechtzeitig kommen sehen. Bestimmt hatte sie auch ein Fernglas in der Schublade und ihn schon wahrgenommen, als er die Kirchwarft verließ. Oder war sie angerufen worden, obwohl er immer noch kein Telefon entdecken konnte?

Je länger er mit der Frau sprach, umso stärker wurden seine Zweifel am Sinn seines Besuches, jedenfalls was seine ursprüngliche Aufgabe betraf, derentwegen er sich auf der Hallig aufhielt. Er entschloß sich, die Angelegenheit als Ausflug in die Halligwelt und deren Bewohner zu betrachten und das heutige Zusammentreffen mit Merle Jonasson als eine Art Tröstung und Aussprachemöglichkeit für die vom Schicksal so arg gebeutelte alte Dame anzusehen.

Merle Jonasson sprach nur nordfriesischen Dialekt und das noch sehr leise, konnte wahrscheinlich überhaupt kein Hochdeutsch. Holthaus mußte höllisch aufpassen, um sie zu verstehen. Doch allzu wortreich gestaltete sich die Aussprache indes nicht, denn Merle Jonasson beschränkte sich oftmals aufs Kopfnicken und Kopfschütteln, schon seltener kam ein „Nee" oder „Nee, nee" aus ihrem Mund, im anderen Falle hieß es „Joo", „Joo, joo" oder „Joo, so wöör dat" oder „Joo, so es dat west". Holthaus' Versuche, sie zum Reden zu bringen, erbrachten oft nur kärgliche Ergebnisse, mochte er auch noch so viele Andeutungen und Mutmaßungen in den Raum stellen. Doch immer dann, wenn er die See als den Übeltäter ins Spiel brachte, die Hinnerk Rensing wohl zu sich geholt hätte, die große Flut, das viele Wasser, das den Friedhof verwüstete, wurde sie merklich lebhafter, spannte sich der kleine Körper, wurden ihre Augen größer, dann holte sie Luft, als ob sie etwas sagen wollte, nickte aber meist wieder nur mit dem Kopf, doch dann gleich mehrmals hintereinander, begleitet von ihrem leisen, fast geflüsterten „Joo" oder „Joo, joo".

Sie hatte sich an der Suche nach dem Verschwundenen nicht beteiligen können, auch ihr Großneffe nicht, denn als man damit anfing, fuhr ja immer noch kein Schiff. Dafür jedoch war Malte Kröger zuvor, als Hinnerk Rensing starb, gleich auf die Hallig gekommen und ihr fortan nicht mehr von der Seite gewichen. Mehr als eine Woche blieb er, kümmerte sich um alles, ging ihr zur Hand, wo er nur konnte, mußte dann aber nach Hause zurück. Schon bald erwartete sie ihren Großneffen wieder auf der Warft. Das alles hatte Holthaus im Grunde bereits von Kruse erfahren, war nichts Neues für ihn.

Als sich die alte Frau für ein paar Minuten ins Hausinnere zurückzog und er gleich darauf Geräusche über sich hörte, nutzte er die Gelegenheit und trat an eines der Fenster, um die Umgebung zu begutachten. Der Garten vor Merle Jonassons Haus sah weniger verwildert aus als die Gärten daneben, wobei nicht klar war, ob es nicht ein einziges Stück Land war, denn irgendwelche Unterteilungen oder abgeteilte Beete konnte Holthaus nicht entdecken. Wer sollte sie auch bestellen, wer sollte auch die Gärten herrichten, wenn außer Merle Jonasson nur noch zwei Leute auf der Warft wohnten, die aber hauptsächlich mit der Vermietung der Ferienwohnungen beschäftigt waren und das auch nur in den Sommermonaten und sich sonst häufig auf dem Festland aufhielten und die Häuser leerstanden. Der Großneffe war wohl öfter da, sicher packte er mit an, wenn er auf die Warft kam. Und Hinnerk Rensing auch, ja, der vielleicht sogar noch am meisten, so häufig, wie der bei Merle Jonasson gesehen worden war. Doch ihn gab es nun nicht mehr.

Was nun aus dem Ganzen hier wohl werden mochte, dachte Holthaus, als er den Blick bis zum

Rand der Warft wandern ließ. Auf halber Strecke stand eine dunkelgrüne Bank, an deren Rückseite ein schmaler Plattenweg verlief. Wer auf ihr saß, sah unweigerlich die Kirchwarft vor sich, doch ziemlich weit weg und klein und jetzt für Holthaus nur mühsam zu erkennen, weil Nebelschwaden die Sicht erschwerten. Fast wirkte das rohe Holzgestell der Bank ein bißchen verloren auf dem nackten Erdreich, auf dem außer drei nur mannshohen Bäumchen nicht weit davor nichts anderes mehr wuchs. Bei der Bank war der Boden ebener als ringsum, Trittspuren führten auf das Haus zu, in dem Holthaus sich befand. Sie säße oft dort draußen, erzählte ihm die Alte, als sie zurückkam und ihn am Fenster bemerkte, eigentlich säße sie jeden Tag auf der Bank.

Nach einem weiteren Stück Kuchen und noch zwei Tassen Tee machte sich Holthaus auf den Weg zurück. Es war früher Nachmittag. Jetzt reichte ihm die Frau die Hand und überraschte ihn mit erstaunlich festem Druck, der nicht so recht zu ihrer Zerbrechlichkeit passen wollte, die sie verströmte. An der Tür blieb sie stehen, folgte ihm nicht, als er geradeaus auf die Bank zusteuerte, sich mal nach allen Seiten umschaute, um dann zurückzukehren und den Weg zwischen den Häusern zu nehmen, der an ihrem Haus vorbeiführte, auch an einem Schuppen, der an die Rückseite des Hauses stieß. Seine Tür stand halb offen, und Holthaus warf rasch einen Blick hinein. Allerlei Kisten und Kartons verteilten sich ungeordnet auf dem Bretterboden und in Regalen an den Wänden, und in der Ecke, gleich neben der Tür, standen ein paar Gartengeräte; einen Spaten erkannte Holthaus, eine große Schaufel, dazu noch einen Rechen und einen derben Reisigbesen, wie er ihn auch bei den Wittensens gesehen hatte.

Um nicht dieselbe Strecke wie für den Hinweg zu nehmen, wählte Holthaus die Tour über die Wetterwarft, von dort aus an der Halligkante entlang zur Kirchwarft hin. Das Wasser kam nun wieder zurück, schon an der Schräglage der Fahrwassertonnen war zu erkennen, in welche Richtung sich der Strom bewegte. Die Flut war in vollem Gange.

Unterwegs erwachte der inzwischen eingeschlafene Regen zu neuem Leben, nun heftiger, der Wind stieß ihm in den Rücken, und völlig durchnäßt kam er schließlich auf der Kirchwarft an, sofort in Empfang genommen von Wittensen, der ihn zwar nicht befragte, der aber, nach seinem Gesichtsausdruck zu urteilen, gerne wissen wollte, was der Polizist bei seinem Besuch der beiden Warften vielleicht noch erfahren hatte.

Doch da gab es keine neuen Gesichtspunkte, keine neuen Fakten, bilanzierte Holthaus bereits auf dem Rückweg. Wie denn auch, woher denn auch? Dabei hatte er sich schon den Plan zurechtgelegt, wie und wann er Wittensen seine abschließenden Schlußfolgerungen am zweckmäßigsten beibringen wollte. Als ihm der Pastor nach seiner Ankunft sogleich über den Weg lief, zauderte er nicht und ging aus dem Stegreif, noch naß vom Regen, in die Offensive, gestand sich im selben Atemzug ein, daß ihm das Verkünden unangenehmer, schwieriger Nachrichten schon viel leichter gefallen war als jetzt bei Wittensen.

„Ich stelle meine Ermittlungen ein. Hinnerk Rensing wurde von der See aus seinem Grab und seinem Sarg geholt und mitgerissen und wird vermutlich für immer verschwunden bleiben. Alle anderen Überlegungen und Darstellungen erübrigen sich."

Holthaus sah den Pastor durchdringend an.

„Wir alle sollten die Sache nun beiseite legen, sollten sie abhaken und zur Tagesordnung übergehen, Herr Wittensen. Es gibt keine Schuldigen, es gibt nichts, was irgendwie strafrechtlich von Belang wäre."

Wieder fixierte Holthaus den Pastor, der ihm mit reglosem Gesicht gegenüberstand.

„Widmen Sie sich dem Tag, dem Hier und Heute, vergessen Sie das Ganze, Herr Wittensen, versuchen Sie's jedenfalls. Sie haben sich nichts vorzuwerfen, nicht das Geringste!"

Weiter wollte sich Holthaus nicht mehr zu der Angelegenheit äußern, schüttelte sich noch ein paar Regentropfen vom Kopf und von der Jacke.

Der Pastor hatte während der ganzen Zeit schweigend vor ihm gestanden, sich nicht gerührt, unverwandt den Blick auf ihn gerichtet, zuletzt ein Lächeln um den Mund, von dem Holthaus nicht wußte, ob es ein befreiendes oder ein schmerzvolles darstellte.

Holthaus räusperte sich. „Ich lauf' dann mal nach oben und ziehe mir was Trockenes über." Er zögerte, jetzt wegzugehen, doch als Wittensen sich immer noch nicht rührte und weiterhin schwieg, drehte er sich um, sah von der Treppe her, daß der Pastor noch immer wie angewurzelt an der Stelle stand, an der er ihn verlassen hatte, und ihm nachschaute.

Daß Wittensen überhaupt nichts sagte, störte ihn; viel lieber wäre es ihm gewesen, wenn ihn der Mann in eine Diskussion verwickelt, seine Sicht der Dinge verteidigt, ihn in hitzige Auseinandersetzungen verwickelt hätte. Auch wenn er inzwischen davon überzeugt war, daß der Pastor bei der Sache mit dem leeren Sarg irrte, einer Sinnestäuschung aufgesessen war, einer Art Fata Morgana, nur allzu gut zu verstehen nach allem, was der Ärmste in diesen Stunden durchmachen mußte. Vielleicht, so hoffte Holthaus, erfaßten den Pastor inzwischen nach und nach erste Zweifel an seiner eigenen Wahrnehmung, begann er allmählich selbst daran zu glauben, daß ihm die Nerven einen bösen Streich gespielt hatten und der Tote tatsächlich von der See geholt wurde, er demnach ein Seemannsgrab im besten Sinne erhielt, wogegen ja im Grunde keiner etwas einwenden konnte und woran Hinnerk Rensing, wenn es ihm vorher bekannt gewesen wäre, vielleicht sogar Gefallen gefunden hätte.

Eine Andeutung von Enttäuschung machte sich

auf Wittensens Gesicht breit, als Holthaus ihm später eröffnete, schon am nächsten Tag das Nachmittagsschiff für die Rückfahrt zu nehmen, denn es sei alles getan, seine Aufgabe sei zu Ende.

Richtig hell war es den ganzen Tag nicht geworden, und nun fiel schon am frühen Abend die Dunkelheit mit solcher Macht ein, daß es draußen bald aussah, als sei bereits die tiefe Nacht angebrochen.

Nach dem Abendessen blieb Holthaus noch auf eine Stunde bei den Wittensens hocken, eigentlich war es nur der Mann, denn die Pastorenfrau bekam er nur zu sehen, als sie mit freundlichem Lächeln das Essen auftrug und wieder abräumte.

Von den Kindern hörte er eine Zeitlang ein paar Geräusche, vernahm ihre hellen Stimmen, ein bißchen Gepolter von oben, dann nichts mehr. So richtig wahrgenommen hatte er die Kinder bislang gar nicht, meist blieben sie unsichtbar für ihn. Nie hörte er sie schreien, wie Kinder schreien, wenn sie herumtollen, und auf dem Friedhof entdeckte er sie kein einziges Mal.

Wittensen war ein leiser Mann, und während sie in kleinen Schlucken den Rotwein tranken, den er nach dem Essen hereinholte, sprachen sie nicht mehr viel miteinander, und so war es ziemlich still im Raum, nur hin und wieder meldete sich der Wind von den Fenstern her. Alles schien gesagt, alles schien besprochen, jedenfalls für Holthaus. Eigentlich hätte er gar nicht herkommen müssen, dachte er, es gab eine natürliche Erklärung für das, was da auf dem Friedhof passiert war, nicht justitiabel, dafür interessierte sich kein Staatsanwalt und kein Gericht. Und die Polizei ging es genauso wenig an.

Das Gesicht des Pastors kam ihm wieder jungenhafter vor, vielleicht lag es am milden Licht, das die Stehlampe verbreitete. Holthaus mochte den Mann und hätte doch nicht erklären können, warum das so war. Vielleicht, weil er ihm irgendwie wehrlos vorkam, ausgesetzt auf diesem beängstigend kleinen Stückchen Land mitten im Meer, jeden Tag den Tod vor Augen, wenn er aus dem Fenster blickte oder das Haus verließ oder heimkehrte, die Kinder an der Hand, das beginnende Leben. Selbst für einen überzeugten Christen mußten das wohl mitunter schwere Prüfungen sein. Selten hatte er in solch offene, gewinnende Augen gesehen, denen jedes Böse fern zu sein schien.

*

Noch vor dem Frühstück suchte Holthaus, nachdem er Jochimsen seine Rückkehr angekündigt hatte, verbissen nach seinem Autoschlüssel, stellte das Zimmer auf den Kopf. Er trug ihn immer bei sich, selbst dann, wenn er das Auto nicht benötigte, so wie hier auf der Hallig, verstaute ihn immer in der linken Hosentasche. Vielleicht war er ihm in Wittensens Wohnung beim gestrigen

Abendessen aus der Tasche gerutscht. Doch die Hoffnung zerschlug sich, sogar die Pastorenfrau suchte mit, doch der Schlüsselbund fand sich nicht an, auch nicht in den Ritzen des Sessels, in dem Holthaus anschließend beim Rotwein versunken war. Unterwegs konnte er den Schlüssel nicht verloren haben, da war er sich ziemlich sicher, weil er aus einer Angewohnheit heraus nicht in den Hosentaschen kramte, wenn er draußen herumlief. Seine Behältnisse waren die Jackentaschen, in denen er alle Dinge unterbrachte, die er für seine Vorhaben benötigte.

Die Hansenswarft kam nicht in Frage, denn gestern früh hatte er den Schlüssel noch in der Hand gehabt, daran erinnerte er sich gut, auch nicht die Obelitzwarft, dort hatte er sich nirgendwo hingesetzt. Blieb noch die Ivertsenswarft, Merle Jonassons Haus. Doch sie hätte ihn bestimmt längst gefunden und angerufen, mutmaßte Holthaus. Wittensen schüttelte den Kopf. Merle Jonasson verfügte über kein Telefon, es gab nur einen Anschluß auf der Warft und der befand sich im Haus des Verwalterpärchens, das den Apparat bei längerer Abwesenheit stillegte. Daß ausgerechnet ihm, dem Polizisten, dieses Mißgeschick mit dem Schlüssel passierte, ärgerte ihn gewaltig.

Mit Wittensens Auto, das dieser ihm gleich anbot, fuhr Holthaus los, obwohl er wieder gut zu Fuß hätte gehen können, denn das Schiff legte erst am Nachmittag ab. Unterwegs kamen ihm ein paar Leute entgegen, wohl die Besucher, die den

Pastor daran hinderten, ihn selbst zu kutschieren, was er gestenreich bedauert hatte.

Das Wetter blieb sich treu, wieder nur dichte Wolken in allen möglichen Grauabstufungen, tief heruntergezogen, aus denen jederzeit ein heftiger Regenschauer niederprasseln konnte, verbunden mit böigen Windstößen. Holthaus vermochte sich nicht zu erinnern, bisher auch nur einen einzigen Sonnenstrahl seit seiner Ankunft auf der Hallig gesehen zu haben.

Im Regen stieg er den Weg zur Ivertsenswarft hoch, lief zwischen den Häusern hindurch und steuerte als erstes die Bank vor Merle Jonassons Haus an. Dabei war er sich ziemlich sicher, daß er dort den kleinen Schlüsselbund nicht verloren haben konnte, denn er erinnerte sich nicht, sich auf die Bank gesetzt zu haben. Trotzdem umrundete er suchend das klobige Holzgestell. Vom Schlüsselbund keine Spur. Zu den dünnen, blattlosen Bäumchen hin senkte sich der Boden ein wenig, ein paar schmale Risse zeigten sich in der von Fußabdrücken gezeichneten Fläche. Das war ihm gestern nicht aufgefallen. Um den Stamm des mittleren Bäumchens zog sich, als er genauer hinblickte, ein feiner, nahezu kreisförmiger Riß.

Holthaus sah auf, hinüber zur merkwürdig klar zu erkennenden Kirchwarft mit ihren wie ein kleines Wäldchen anmutenden Bäumen. Wo sie standen, war der Friedhof, waren die Gräber. Bei einem seiner nächsten Schritte erwischte er eine offenbar vom Regen aufgeweichte Stelle bei der kleinen Baumgruppe, sackte mit dem rechten Schuh etwas ein. Beinahe wäre er gestrauchelt, machte rasch einen großen Schritt zur Seite und betrachtete den Abdruck seines Schuhs, der sich rasch mit Wasser füllte.

Es hatte aufgehört zu regnen, dafür meldete sich der Wind mit noch heftigeren Böen. Als er sich wieder zur Bank drehte, bemerkte er Merle Jonasson. Sie stand vor ihrem Haus, vor der geöffneten Tür, auf ihren Stock gestützt, das dunkle Tuch mit den weißen Rändern um die Schultern geschlungen. Er hatte wieder kein Geräusch vom Haus her vernommen und wußte nicht, wie lange sie bereits dort stand. Holthaus zeigte auf die Stelle, wo er eingesunken war, einfach so, in einer Art Verlegenheitsgeste. Die alte Frau rührte sich nicht, wirkte erstarrt wie eine steinerne Figur, wenn nicht der Wind in dieser Sekunde in das Tuch um ihre Schultern gefahren wäre und es ein bißchen aufbauschte. Er warf einen erneuten Blick auf die kleine morastige Stelle im Boden und wandte sich dann wieder der Frau zu, die ihn unentwegt in ihrer eigenartigen Bewegungslosigkeit anschaute. Da stellte er überrascht fest, daß sie weinte, wohl schon seit längerem, denn ihre Wangen glänzten in einem dünnen Streifen bis zum unteren Rand. Holthaus fühlte sich unwohl bei diesem Anblick, sah zum Boden und zu den Bäumchen und zur Bank hin, wobei er mit ausgestrecktem Arm unbeholfen in die Runde wies. Dabei kam er sich reichlich töricht vor, obwohl er ja tatsächlich etwas suchte, auch wenn ihm inzwischen völlig klar geworden war, daß er hier draußen den Autoschlüssel nicht finden würde. Die Frau änderte ihre Haltung nicht, als er sich langsam näherte und sie sich schließlich gegenüberstanden, vielleicht zwei Schritte voneinander entfernt. Gerade wollte Holthaus sein erneutes Erscheinen auf der Warft erklären, da bewegten sich die Lippen der Greisin, sie zitterten und bebten, ganz wenig nur, während einzelne Tränen langsam an ihnen vorbeiliefen, auf die Erde herabfielen oder ihren Weg in die Falten ihres runzeligen Halses fortsetzten.

„De Hinnerk hät jüst nech wullt, dat he bi den Boye to liggen kummt, dat hät he nech wullt, nee, nee, dat hät he nech wullt", sagte die Frau dann. Ihre Stimme war so leise, daß Holthaus noch nähertrat, um über das Windgeräusch hinweg besser zu verstehen, was sie sagte. Er schwieg, weil er beobachtete, wie es in den Mundwinkeln der Alten unablässig arbeitete, wollte sie weiterreden lassen, nickte aufmunternd mit dem Kopf, wie er es immer tat, wenn er Menschen zum Weitersprechen bewegen wollte, erst recht in Situationen, wenn er sich noch keinen Reim darauf machen konnte, was er zu hören bekam.

„De Hinnerk hät em nix doon, nech eenmol hät he em wat doon."

Die Alte verstummte, während der Tränenfluß zunahm. Holthaus sagte noch immer kein Wort, nickte ihr wieder zu, als bestätige er das, was er gehört hatte.

"Aver de Boye, dat wier 'n fiesen Kääl", fuhr sie dann fort, „de hät min Hinnerk jümmers triezt, hät em ok haut, an 'n Kopp. Joo, dat hät he doon, dat wier 'n fiesen Kääl, hät min leeven Hinnerk haut."

Aus der Tiefe des schwarzen Kittels zog sie ein weißes Tuch hervor und wischte sich damit über die Augen und das Gesicht. Ihre Hand zitterte leicht. Holthaus sagte immer noch nichts, und die Alte war zu sehr mit sich selbst beschäftigt, um sein Schweigen wahrzunehmen.

„Ick kunn em jüst nech do liggenlooten, do bi den Boye. Dat mööt Sei jüst verstohn, Herr Schandarm. Do, wo de Paster em hät engraven looten, do bi den Boye. Dat güng jüst nech." Ein heftiger Schluchzer entrang sich ihrer Brust, der den schmalen Körper erbeben ließ.

„Ick kunn em do bi den Boye nech looten, nee, dat kunn ick nech."

Holthaus hielt den Atem an. Was sagte da die alte Frau? Von was sprach sie? Was erzählte sie ihm da? Ein ungeheuerlicher Verdacht keimte in ihm auf, den er sogleich fortschob, verdrängte, unter gar keinen Umständen als wahrhaftig, als wirklich zulassen wollte. Doch Merle Jonasson sprach weiter, leise, stockend, während ihr die Tränen nun in einem unregelmäßigen, doch nicht enden wollenden Strom die Wangen herabliefen.

„Do hät min Hinnerk sien Roh nech hadd, nee, to keene Tied hät he sien Roh hadd bi den Boye."

Sie nickte mit dem Kopf vor sich hin. „Dat wier 'n böösen Mann, sonn böösen Kääl, hät min Hinnerk jümmers triezt. Un denn heff ick em avholen looten. Un nu hät he sien Roh, min Hinnerk, he hät sien Roh nu, he kunn nu sloopen bet to 'n jöngsden Daag."

Holthaus verstand nicht sofort jedes Wort, das die Alte sagte, doch seine Kenntnisse des nordfriesischen Dialekts reichten vollkommen aus, um die Botschaft der Frau aufzunehmen. Ihre Gestalt kam ihm jetzt noch unscheinbarer, zerbrechlicher vor, und als sie heftig zu schwanken begann und zu stürzen drohte, fing er sie auf. Sie war leicht wie eine Feder und reichte ihm nur bis zur Schulter.

Als er sie ins Haus zurückführen wollte, sträubte sie sich und zog ihn mit zur Bank, wo sie die Regentropfen mit einem Tuch, das sie auch aus ihrem Kittel beförderte, beiseite wischte. Eine ganze Weile saßen sie nun nebeneinander, Merle Jonasson und der Polizist, ohne daß ein Wort fiel. Der Himmel zeigte ein Erbarmen und hielt sich mit Regen zurück. Holthaus hatte längst verstanden, sein Blick fuhr den Erdboden zu seinen Füßen ab, als sei ein Vorhang aufgezogen worden. Die feinen Risse, um eines der Bäumchen beinahe kreisförmig verlaufend, die kaum wahrnehmbare Vertiefung des Bodens, nun ergab alles einen Sinn, und Holthaus sah auf, verlängerte den Blick an den dünnen Stämmchen vorbei zu den fernen Baumkronen der Kirchwarft in einer geraden, durch nichts verstellten Linie und begriff: Er saß am Grab von Hinnerk Rensing.

Ein paarmal beugte er sich vor und schaute zu der Alten hinüber, doch sie schien ihn nicht wahrzunehmen, sah unverwandt vor sich hin auf den Boden. Auf Hinnerk Rensings Grab, schoß es Holthaus entsetzt durch den Kopf, immer wieder, ja, sie schaute auf den Mann hinab, nach dem die ganze Hallig suchte, und der lag hier vergraben, auf der Ivertsenswarft, noch dazu vielleicht ein gutes Stück weniger tief als drüben in dem Grab, das der Pastor für ihn hatte ausheben lassen.

Holthaus plagten keinerlei Zweifel mehr, und doch wollte er sich noch die letzte Bestätigung einholen für das schier Unglaubliche. Er zeigte auf die Erde zu seinen Füßen, zeichnete ungelenk mit dem Finger in der Luft einen unsichtbaren Kreis und blickte dabei zur Alten hinüber. Er fragte sie nichts, sagte nur halblaut vor sich hin: „Hinnerk Rensings Grab …. hier …. sein Grab ist hier ..."

Und Merle Jonasson nickte, erst zaghaft, dann heftiger, schneller, so als ob sie eine schwere Last abschütteln wollte.

„Joo", sie schluchzte leise, „joo, un nu heff ick em he op de Warft, joo, do liggt he."

Sie hob einen Arm ein bißchen an, wie um auf die Stelle zu zeigen, wo sich das Grab befand.

„Un nu es he bannig noh to mi, ick heff em jümmers an miene Siet, so noh to mi, miene Hinnerk, joo, miene Hinnerk."

Die Alte verfiel in Schweigen, sah vor sich hin, ließ die Tränen in ihren Schoß fallen, auf den schwarzen Stoff des Kittels und auf ihre Hände, die sie auf ihren sich deutlich abzeichnenden mageren Beinen abgelegt hatte.

Holthaus drehte sich um, die Häuser lagen wie ausgestorben, heimliche Lauscher konnte es nicht gegeben haben. Die Warft war jetzt nicht bewohnt, und Merle Jonassons dünnes Stimmchen hätte sowieso niemand verstehen können, selbst wenn einer bis auf zwei Meter herangekommen wäre. Während er fieberhaft überlegte, was nun zu tun sei, verhielt sich die Alte bis auf ein paar weitere Schluchzer ganz still. Sie saß nun so dicht neben ihm, daß sie ihn hin und wieder berührte. Als wieder einige Regentropfen fielen, stand sie mühevoll auf und ging wortlos zum Haus zurück. Holthaus folgte ihr wie in stummer Übereinkunft.

Und dann erfuhr der Polizist von Dingen, die er nicht für möglich gehalten, von denen er zuvor noch nie gehört hatte, daß sie auf diese oder ähnliche Weise anderswo geschehen waren.

Merle Jonasson erzählte, sie erzählte in einem fort, je länger es dauerte, umso schneller sprach sie, geriet nur ins Stocken, wenn Schluchzer sie überwältigten oder die Tränen zu reichlich flossen. Holthaus ließ sie reden, unterbrach sie allenfalls, wenn er mit ihrem Dialekt nicht zurechtkam, stellte nur vereinzelte Fragen, hörte der kleinen, zittrigen Frau zu, sah sie an, fast unentwegt. Und Merle Jonasson erwiderte seinen Blick, richtete ihre von den vielen Tränen verschatteten Augen auf ihn, knetete ihr zerknülltes weißes Taschentuch, das sie sich immer wieder ins nasse Gesicht drückte, mit beiden Händen.

Hinnerk Rensing war schon bald nach seiner Beerdigung zur Ivertsenswarft umgesiedelt. Nur wenige Tage nach dem Begräbnis, in einer besonders dunklen, stürmischen Nacht, hatte Malte Kröger, ihr Großneffe, den Toten ausgegraben und zur Ivertsenswarft geholt. Viele Einzelheiten wußte die Alte nicht, der Großneffe hatte ihr gewiß nur das Nötigste erzählt. Holthaus reimte sich zusammen, wie es in dieser fürchterlichen Nacht wohl zugegangen sein mochte.

Gut, das Grab lag an einer ziemlich versteckten Stelle auf dem Friedhof, jedenfalls von der Wohnung des Pastors nicht einzusehen. Unbeobachtet ans Grab zu gelangen war sicher nicht schwierig, doch dann mußte der junge Mann den Hügel des neuen Grabes abtragen, sich bis zum Sarg herunterarbeiten, ihn öffnen, den Toten herausholen, aus dem Grab herausschaffen, in der Nähe ablegen, den Sargdeckel wieder ordentlich festschrauben und alles wieder zuschaufeln und so herrichten, daß niemand Verdacht schöpfen konnte. Offensichtlich war das dem Großneffen gelungen, erleichtert vielleicht auch durch den Umstand, daß frische Gräber meist in den ersten Tagen durch die aufgeworfene Erde, durch Kränze und Blumengebinde und Schleifen ohnehin erschreckend ramponiert und verwildert aussahen, auch wenn bei Hinnerk Rensing das ganze Drumherum wohl ein bißchen dürftig ausgefallen war. Über die nötigen Kräfte verfügte Malte Kröger offenbar, er war Tischler, ein großgewachsener Mann, Särge waren ihm nicht fremd. Und er kannte sich aus auf der Hallig. Über die Fennen sei er hingelaufen, sagte die Alte, über die Salzwiesen, und so sei er auch wieder heimgekehrt, den Toten in der Schubkarre, notdürftig in einen großen Jutesack eingepackt. Niemand bemerkte wohl in der finsteren Nacht den merkwürdigen Transport. Im Oktober war es schon ziemlich ruhig auf der Hallig, es gab so gut wie keine Fremden mehr. Und die Halligleute wußten Besseres zu tun, als sich nachts am Friedhof und auf den mit Prielen durchzogenen Fennen herumzutreiben. Das mit den Prielen war sowieso ein Ding für sich, nicht ungefährlich, doch Malte Kröger wußte, wie sie verliefen, brauchte nicht mal seine Lampe, wie er seiner Großtante erzählte. Aber er war reichlich erschöpft, als er zurückkam. Hinnerk Rensing gehörte zwar nicht zu den schwergewichtigen Männern, doch die Schufterei durch die Wiesen hatte es in sich gehabt, und Malte Kröger brauchte erst eine Pause, ehe er den Toten zusätzlich in Segeltuch einschlug und dann im vorbereiteten Grab auf der Warft versenkte. Ein richtiges Grab war das eigentlich nicht, eher ein mehr oder weniger rundes Loch, nur so groß, daß Hinnerk Rensing irgendwie reinpaßte, aber doch ordentlich tief. Malte Kröger hatte das auf seine Weise hingekriegt, und seine Großtante bekam nur die Hälfte mit, wollte nicht zu nahe dabeisein. Sie blieb in der offenen Türe stehen, hörte mehr als sie sah, was sich nicht weit von ihr abspielte im Dunkel der Nacht. Und im Nu war die kleine Grabstätte dann wieder geschlossen mitsamt den drei schmalen Bäumchen obendrauf.

Bei Tagesanbruch arbeitete der Großneffe die Angelegenheit auf der menschenleeren Warft noch etwas nach, lief dann wie zufällig auf der Suche nach vielleicht übersehenem Strandgut vom letzten Landunter die nächtliche Tour über die Fennen ab, um vielleicht verbliebene verräterische Spuren zu tilgen. Doch alles war in Ordnung, auch auf dem Friedhof, den er am Nachmittag unter dem Vorwand verstohlen in Augenschein nahm, nach schadhaften Bänken in der Kirche zu sehen und diese wieder in Ordnung zu bringen, was er in regelmäßigen Abständen zu Pastor Wittensens großer Freude erledigte, ohne dafür Geld zu nehmen.

Als sie alles gesagt hatte, atmete Merle Jonasson hörbar durch und schwieg sodann, als ob es für immer sein sollte. Holthaus stand auf und trat ans Fenster und blickte zu der Stelle hin, an der Hinnerk Rensing nun begraben lag. Verbotenerweise, wie er wußte, die ganze Sache war gesetzeswidrig. Störung der Totenruhe, Grabschändung, Beisetzung an verbotenem Ort. Sehr wahrscheinlich gab es noch mehr Gesetze und Verordnungen, gegen die Malte Kröger und Merle Jonasson verstoßen hatten, sie als Anstifterin, er als der ausführende Täter.

Holthaus war nicht wohl zumute, er schaute lange über das verbotene Grab hinweg, geradewegs zur fernen Kirchwarft hin, wo in diesem Augenblick vielleicht Pastor Wittensens gütiges, jungenhaftes Gesicht erneut von Kummerfalten heimgesucht wurde, weil er sich noch immer mit den Gedanken über den verschwundenen Toten quälte.

Mit einem Ruck drehte sich Hauptwachtmeister Jasper Holthaus zu der alten Frau um, die sich zuletzt nicht mehr gerührt hatte und ihn nun angsterfüllt anstarrte.

„Niemt Sei mi nu gliek met, Herr Schandarm?" hörte er sie dann leise fragen, und sie begann, sich aus ihrem Stuhl hochzudrücken. Holthaus bedeutete ihr mit einer vorsichtigen Handbewegung, doch lieber sitzenzubleiben.

„Un mien leeven Malte, he ok? Kummt he nun ok in't Gefängnis?"

Der versiegte Tränenfluß erwachte zu neuem Leben. „He hät nix Bööses doon, loot em rut ut allens, he seggt nix, to keen Minsch op de Welt, he seggt nix över dat allens."

Holthaus traf in Sekundenschnelle eine Entscheidung, von der er wußte, daß sie gegen seine Pflichten als Polizeibeamter verstieß. Er faßte einen Entschluß und sagte nichts, schaute die alte Frau nur an und legte den Zeigefinger der rechten Hand auf seine Lippen. Merle Jonasson begriff nicht sogleich, sah entgeistert zu ihm auf, wieder schickte sie sich an aufzustehen, doch Holthaus war schnell bei ihr und drückte sie, indem er behutsam die schmalen Schultern berührte, auf den Stuhl hinunter, trat zurück, legte erneut seinen Finger auf die Lippen. Da ging es wie ein Erkennen über das Gesicht der Greisin, das faltendurchfurchte alte Gesicht verzog sich zu einem zaghaften Lächeln, und aus der Tiefe ihres Schoßes tauchte ihre Hand auf, von der sich der dünne, gekrümmte Zeigefinger abspreizte, den sie nun zitternd auf ihre eigenen Lippen führte. So verhielten sie ein paar Wimpernschläge, der Polizist und die alte Frau. Holthaus nickte dabei noch wie bestätigend mit dem Kopf. Als sie doch noch Anstalten machte, etwas zu sagen, beschied Holthaus das nur noch mit einem klaren, lauten „Nein", legte erneut den Finger auf die Lippen, wartete geduldig, bis sie wiederum das Gleiche tat und war dann mit wenigen Schritten aus der Stube und aus dem Haus.

Wittensen stieg, als er nach Holthaus' Rückkehr die Kunde von der Ergebnislosigkeit der Schlüsselsuche vernahm, die Treppen hoch und tat sich noch selbst im Zimmer seines Gastes um, während Holthaus um das Kirchenschiff strich und sich ein letztes Mal Hinnerk Rensings offenes Grab ansah, das bis auf ein bißchen nachgestürzte Erde genauso dalag, wie er es bei seiner Ankunft vorgefunden hatte. Noch immer stand Wasser auf seinem Grund, aus dem grobe Erdbrocken herausragten. Die Überlegung, was es mit diesem Grab auf sich hatte, was sich in dunkler Nacht dort ereignete, ließ Holthaus mehrfach näher an die Öffnung herantreten und hineinschauen. Nun kamen ihm die Abmessungen ein bißchen größer vor; wahrscheinlich traf das sogar zu, denn der Großneffe benötigte sicher ein Mindestmaß an Bewegungsfreiheit in der Erde, um den Toten an die Oberfläche zu schaffen. Und das ganz alleine! Wahnsinn, der reine Wahnsinn! Malte Kröger nötigte ihm uneingeschränkten Respekt ab, auch wenn er sich natürlich gesetzeswidrig verhalten hatte.

Die Sache mit dem Schlüssel wurmte Holthaus nur kurz, dann fand er sich damit ab. Jochimsen brauchte davon nichts zu wissen. „Ihnen als Polizist passiert das?" So oder so ähnlich würde er wohl von ihm zu hören bekommen. Natürlich wußte er, wie man ein Auto ohne Schlüssel aufmacht und kurzschließt; über die notwendigen Utensilien für die beschädigungsfreie Öffnung der Tür verfügte die kleine Werkstatt am Festlandshafen, also gab's kein wirkliches Problem damit, doch ärgerlich war's trotzdem.

Bis zum Ablegen des Schiffes waren es noch gute drei Stunden. Holthaus packte den Rest seiner Sachen zusammen und setzte sich dann zu Wittensen, der die ganze Zeit in seiner Nähe geblieben war. Geld für Kost und Logis wollte er anfänglich nicht annehmen, doch Holthaus bestand darauf. Eine Kanne Kaffee hatte die Pastorenfrau auf den Tisch gestellt, und von oben hörte er sie kramen, weil auch sie wohl noch nach seinem Autoschlüssel suchte.

„Was machen Sie nun mit Rensings Grab?" fragte Holthaus, „es ist leer, den Toten hat die See geholt, daran gibt es für mich keinerlei Zweifel mehr. Kein Toter, kein Sarg." Holthaus korrigierte sich. „Ein leerer, zerstörter Sarg." Er stutzte kurz. „Den haben Sie inzwischen wegholen lassen? Von der Gemeinde, von Gemeindearbeitern?"

Wittensen nickte stumm und atmete tief, fuhr sich mit beiden Händen übers Gesicht und durchs Haar.

„Hinnerk Rensing wurde ein Opfer der Sturmflut", fuhr Holthaus fort. Es kostete ihn eine fast als körperlichen Schmerz empfundene Überwindung, Auge in Auge mit dem Pastor dessen zutreffenden Beobachtungen zu verdrängen und den Ablauf wahrheitswidrig anders darzustellen. Er zwang sich bewußt zum langsameren Sprechen und betonte jedes Wort mit besonderem Nachdruck: „Der Tote wurde aus dem Sarg gerissen und fortgespült! So ist es gewesen, Herr Wittensen, genauso ist es passiert! Nur so! Nur so!"

Schon im Ansatz wollte er erneut aufflammende Zweifel beim Pastor verhindern. Wittensens blaßblaue Augen ruhten unverwandt auf seinem Gesprächspartner, er verfügte nur über sehr wenig Bartwuchs, wodurch sein Gesicht noch weicher, noch verletzlicher wirkte.

„Was machen Sie jetzt mit dem leeren Grab?" wiederholte Holthaus, „was machen Sie damit?"

Sekundenlang blieb es still im Raum, auch von oben waren keine Geräusche mehr zu hören.

„Es bleibt das Grab von Hinnerk Rensing", antwortete dann der Pastor, und er machte den Eindruck, daß er über die Angelegenheit bereits nachgedacht hatte, „er hat es bezahlt, es gehört ihm. Es wird das Grab von Hinnerk Rensing bleiben."

Wittensen begleitete ihn zum Anleger, wartete aber nicht, bis das Schiff losfuhr, sondern reichte ihm bald die Hand und schaute ihn lange an. „Auf Wiedersehen", sagte er, schüttelte erneut die Hand des Polizisten, „auf Wiedersehen. Kommen Sie doch wieder mal bei uns vorbei, wir würden uns sehr freuen." Dann drehte er sich um und ging davon. Holthaus sah ihm noch eine Weile nach, und als er schon dachte, daß der Pastor mit den Gedanken längst woanders war, blickte dieser zurück und winkte ihm mit einer linkischen Bewegung zu.

Im letzten Moment erschien noch Bürgermeister Kruse, der von Holthaus' Abreise erfahren hatte, und tat kund, daß er sowieso gewußt habe, daß die Sache mit Hinnerk Rensing von Anfang an in Ordnung war und der sich einfach durch die Priele auf- und davongemacht hätte, als das Wasser kam, was ja, wenn man sich das richtig überlegte, doch eigentlich gar keine so schlechte Idee sei, schließlich sei der mal Seemann gewesen.

Noch während er sprach, suchte er Holthaus' Gesicht nach einer Reaktion ab.

„Es dat nech so, Herr Kommissar?" fragte er, als eine Entgegnung des Polizisten ausblieb, „es dat nech so west mit den Hinnerk und sien Holzkest?"

Holthaus nickte, verzichtete amüsiert lächelnd auf die Richtigstellung, was den Kommissar anging und ließ Kruse dann kurz wissen, daß er den Fall inzwischen genauso sehe und daß nun der Pastor hoffentlich bald zu Ruhe käme und gleich dazu die ganze Hallig auch. Kruse genügte das offenbar, mehr wollte er wohl nicht hören, denn im Nu war er wieder in seinen Wagen gestiegen und brauste davon.

Kaum war Holthaus an Bord gegangen, flogen die Festmacherleinen aufs Schiff zurück und los ging die Fahrt. Auf der Brücke stand derselbe Mann wie auf der Hinreise. Es schien, als ob er heute das Oberteil einer seemännischen Uniform trug, und er hob, ohne die Miene zu verziehen, bedächtig die Hand an die Mütze, als Holthaus zu ihm hochsah. Ein paar Minuten blieb er noch an Deck, obgleich es dort durch den auflebenden Wind empfindlich kühl wurde. Rasch verloren die Warften ihre Konturen. Als erstes verschwand die Kirchwarft im milchigen Grau, dann auch alle anderen Warften. Der Himmel war auf die See hinabgesunken. Dort, wo vor kurzem noch die Hallig lag, wo Menschen und Tiere lebten und Bäume und Sträucher und Gräser wuchsen, gab es nun nichts mehr zu sehen als nur noch das Meer und eine atemberaubende Ferne.

*

Jochimsen ließ sich nur kurz berichten, wie es Holthaus auf der Hallig ergangen war, blätterte unlustig in dessen Bericht herum und hieb ihm alsbald einen Stapel Akten mit neuen Fällen auf den Schreibtisch.

Sechs Monate später bestellte Jochimsen ihn umständlich in sein Zimmer, um aus dem Hauptwachtmeister einen Kommissar zu machen und Holthaus stellte sich Bürgermeister Kruses Gesicht vor, wenn er ihm beim nächsten Halligbesuch eröffnete, daß er ihn nun gefälligst mit dem neuen Titel anzureden hätte. Doch es zog ihn genauso wenig zu der dem Meer abgerungenen und von diesem seit Menschengedenken feindselig umlagerten winzigen Landfläche hin wie vorher schon. Im übrigen war wohl alles gutgegangen auf Uthoog, denn eine erneute Überschwemmung der Kirchwarft wäre ihm bestimmt zu Ohren gekommen.

Nach vier Jahren rief er aus einer Laune heraus Pastor Wittensen an, der ihm immer noch leidtat. Der Mann hatte ja völlig recht gehabt mit seinen Wahrnehmungen an jenem Tag, hatte nicht phantasiert, hatte sich nichts eingebildet. Der Sarg war tatsächlich leer gewesen, als er vor seinen Augen am Baum zersplitterte.

Doch dazu sagte er kein Wort, als er den Pastor wiedersah, der bei seinem Anruf ganz aufgeregt losredete und darauf bestand, daß er ihn besuchen kam. Erste graue Haare zeigten sich an Wittensens Kopf, doch sein Gesicht war kaum gealtert und wirkte freundlich und jungenhaft, wie Holthaus es in Erinnerung hatte.

Auf dem Friedhof hatte sich nicht viel verändert, abgesehen davon, daß die Spuren der verhängnisvollen Sturmflut getilgt waren. Es gab vielleicht fünf oder sechs neue Gräber. Eines davon war Merle Jonassons Grab, die schon im darauffolgenden Jahr starb. Es lag ganz im hinteren Bereich des Friedhofs, ziemlich weit weg von Hinnerk Rensings besonderem Grab. Alle wunderten sich, doch sie hatte auf diesen Platz bestanden, erzählte Pastor Wittensen, ganz dicht zum Warftrand hin, so daß kein weiteres Grab, höchstens noch ein Baum dazwischen paßte. Als Holthaus den Kopf hob, blickte er über Merle Jonassons Grab hinüber zur Ivertsenswarft, die wie ein unwirkliches Gebilde durch den aufziehenden Dunst zu schweben schien; es war mitten im Jahr und alle Bäume auf ihr standen in vollem Laub.

Hinnerk Rensings Grab machte dafür, daß keiner drinlag, einen gepflegten Eindruck. Ja, sagte ihm Wittensen, es kämen immer wieder Leute, die mal Unkraut zupften oder ein paar Blumen hinstellten, obwohl sie alle wüßten, daß der Tote irgendwo im Meer ruhe. Und nicht lange nach der verheerenden Flut, erzählte der Pastor weiter und wies zum Grab hin, habe er selbst noch die Holztafel mit einem Spruch an dem bald aufgestellten Kreuz anbringen lassen, den er in einem alten Walfängerbuch gefunden hätte. „De See gevt em, de See nohm em", las Holthaus und dachte daran, daß das mit der See nicht stimmte, denn hier war sie leer ausgegangen. Aber das wußte nur er, dachte er weiter, bis ihm der Großneffe der Alten einfiel. Der wohnte inzwischen im Haus seiner Großtante, war endgültig vom Festland auf die Hallig gezogen. Holthaus bewog Wittensen unter dem Vorwand, von dort für Fotos den besten Blick auf die benachbarte Insel zu haben, mit ihm zu Ivertsenswarft zu fahren.

Der Großneffe werkelte draußen am Haus herum, als sie eintrafen. Nein, Malte Kröger ahnte nicht im geringsten, daß der Polizeibeamte, als den ihn der Pastor vorstellte, alles wußte, Merle Jonasson hatte es ihm nicht verraten. Holthaus war erfahren genug, um diesen Schluß zu ziehen, als er das unbekümmerte Auftreten des Mannes beobachtete, das sich auch nicht änderte, als sie sich der Bank und den in die Höhe geschossenen Bäumen näherten, unter denen Hinnerk Rensing begraben lag. Holthaus machte ein paar Fotos, kreuzte wie unbeabsichtigt zwischen den Stämmen mehrfach die Stelle, unter der sich das Grab befinden mußte. Einem Unwissenden bot sich nicht der kleinste Hinweis auf das Geheimnis, das sich zu seinen Füßen verbarg.

Für die Rückfahrt nahm Jasper Holthaus wieder das Nachmittagsschiff, so wie er es vor vier Jahren getan hatte, verzichtete auf eine Übernachtung, zu der ihn der Pastor einlud und ihm nebenbei noch sagte, daß sich der Autoschlüssel auch später nicht mehr angefunden hätte, nicht in seinem Haus und auch nirgendwo anders auf der Hallig.

Dieses Mal ging Ole Wittensen nicht früher heim; er wartete geduldig, bis das Schiff die Leinen löste. Dann, nach erst zögerlichem Beginn, winkten der Pastor und der Polizist einander zu, bis sie sich endgültig aus den Augen verloren.

Beschützer im Advent

Einen Tag vor Heiligabend. Natürlich mußte der Zahn sich um diese Zeit melden, am Abend zuvor verselbständigte sich die güldene Füllung, der Streuselkuchen war doch zu fest, als man unvorsichtig herzhaft zu Werke ging. Rasch war das Provisorium fertig, der Herr Doktor hatte Urlaub gebucht, in den Schnee, war nicht sonderlich an längeren Behandlungszeiten interessiert. Verständlich, es gab noch weitere Akutpatienten, die auf vorweihnachtliche Linderung ihrer Beschwernisse hofften.

Und dann, ja, auf dem Weg nach draußen, zuunterst, am Fuße der Treppe, neben der Eingangstür. Da waren zwei, die warten mußten. Auf die Mutter höchstwahrscheinlich, denn beim Zahnarzt hatten noch ein paar Leute vor dem Empfangstresen gestanden, darunter eine jüngere Frau. Das mußte sie gewesen sein, die Mutter. Und auf sie warteten die zwei dort an der Türe. Mit klarer Verantwortungsübertragung. Der eine, es war wohl ein „Er", dick verpackt in bauschige Winterbekleidung, die Mütze über die Ohren gezogen, offenbar mit der Bewachungsaufgabe beauftragt, hatte das Fahrgestänge des schnittigen Kinderbeförderungsmittels in den kleinen, behandschuhten Fäusten. Die Schule schien noch nicht zu seinen regelmäßig aufgesuchten Orten zu zählen. Mit festem Blick fixierte er den großen Menschen, der da hinabstieg zu ihnen, mit weitgeöffneten runden Augen, nicht ängstlich, aber auch nicht erwartungsfroh, einfach nur schauend, beobachtend, deutend, soweit die kaum gemachten Erfahrungen ihm dies erlaubten. Doch die Händchen hielten fest, was sie festhalten sollten, was ihnen offensichtlich aufgetragen war zu schützen und zu sichern.

Die vorsichtige, freundliche Ansprache auf das äußerst wichtige Unterfangen erbrachte kein greifbares, kein erkennbares Signal im kleinen Gesichtchen. Es blieb bei den großen dunklen Augen, die den Fremden, der inzwischen herabgekommen war, unverwandt ansahen, ihn stumm betrachteten. Ohne Neugier, ohne Argwohn, nur abwartend, auch kein seitliches Vorbeisehen, wo die Mutter denn blieb.

Als der Fremde sich anschickte, die Tür vorsichtig zu öffnen, die nur knapp am Kinderwagen und seinem Bewacher vorbeistrich, wich der Standhafte keinen Zentimeter, rührte sich nicht von der Stelle, schaute nur nach oben, ins Gesicht des Riesen über ihm. Erst da gelang diesem die Sicht ins Innere des Gefährts. Und dort die gleichen großen dunklen Augen, still auf ihn gerichtet, jede seiner Bewegungen verfolgend, nur mit den Augen, das mützenbewehrte Köpfchen ohne die geringste Drehung oder Wendung.

Die lebhaften Lobpreisungen der Bewachungsdienste für den kleinen Bruder oder die kleine

Schwester – eine genaue Zuordnung ließen die obwaltenden Umstände hier ebenso nicht zu – und auch das aufmunternde Zuwinken durch die schon geschlossene Glastür zeitigten erneut keine erkennbare Regung in den glatten, runden Kindergesichtern. Nur ihre Augen verfolgten den Fremden, zwei Augenpaare für Sekunden, dann nur noch eines, bis er um die nahe Hausecke bog.

Die Sommer mit Pawlow

Er hörte ihn, bevor er ihn zu Gesicht bekam, denn in diesem Augenblick war es leer am Strand, kaum Leute, und die paar, die sich dort aufhielten, steckten ihre Nasen in Bücher und Zeitungen oder sahen stumm aufs Meer hinaus, das glatt wie ein Spiegel lag und keinen Mucks von sich gab.

Nur ein Schwimmer teilte die Fluten, und den nahm er wahr, nur das Geräusch, das er verursachte, denn er saß ziemlich schräg zum Wasser, dachte sich nicht viel bei dem Platschen. Auch er vertiefte sich seit einiger Zeit in eine Illustrierte, deren Reste er am Fuß der alten Holztreppe auflas, die hinauf zum Oberland der steilen Küste führte.

Er hatte es nicht weit, wohnte nur wenige hundert Meter vom Strand entfernt, ging in der Badehose los, ein kurzärmeliges Hemdchen übergezogen gegen die Sonne, auch gegen zuviel Nacktheit, bevor er den Strand erreichte, obwohl sich in dem ruhigen Wohnviertel niemand darüber aufgeregt hätte. Die meisten kannten ihn, zumindest vom Sehen her. Er gehörte hierher, ging oft den Weg zum Strand. Im Winter dick verpackt, fast immer mit der Frau dabei, im Sommer eben in der Badehose, meistens alleine, weil die Frau den Strand und das Wasser nicht mochte. Dafür kam manchmal die Frau vom Nachbarn mit, die gerne in der See badete, deren Mann wiederum der Schwimmerei und dem Strandleben nicht viel abzugewinnen wußte und lieber daheim blieb. Heute war die Nachbarsfrau nicht mitgekommen, und so saß er alleine auf einem der großen Steine; Findlinge, die von der Eiszeit übrig geblieben waren, als sich die Gletscher zurückzogen, rundgeschliffen, wie poliert oftmals, so daß man gut darauf sitzen konnte.

Er war schon rausgeschwommen, am Seezeichen vorbei, einem hochaufragenden, schwarz und gelb gestrichenen Metallmast, bis zum Felsen, der noch ein ordentliches Stück weiter draußen ziemlich dicht bis unter die Wasseroberfläche reichte, ein mächtiger Brocken, am Anfang des Sommers noch dicht von dunkelgrünen Algen überzogen, bevor ihn die Füße der Schwimmer, die sich zu ihm hinwagten, zuoberst vom Bewuchs befreiten, so daß man die kahlgetretene Stelle, wenn das Wasser klar war, an hellen Tagen ganz gut erkennen konnte. Wie eine Pyramide sah er aus, mal etwas freundlicher, wenn ihn die Sonne beschien, mal düster und drohend, wenn der Himmel bedeckt war und nur wenig Licht bis an seinen Fuß gelangte.

Er tauchte dort immer hinunter, magisch zog ihn der Felsen an. Ohne Hilfsmittel wie Flossen oder Tauchbrille und Schnorchel strampelte er in die Tiefe. Es genügte ihm, mit den bloßen Augen die unscharfen Umrisse des Kolosses zu sehen und das Seegras um ihn herum, das sich manchmal langsam hin- und herwiegte, denn die Wellen wirkten bei bewegter See an dieser Stelle bis zum Meeresgrund hinab.

Nun saß er da und wärmte sich in der spätstehenden Sonne auf; schon bald würde der Strand im Schatten der Steilküste liegen und sich die Luft rasch abkühlen.

Als er aufsah, entdeckte er den Schwimmer, den er gehört hatte, nur er konnte es sein, ein großer, breitschultriger Mann, der unweit von ihm stand und sich bedächtig und sorgfältig abtrocknete, dabei im Wechsel aufs Wasser und über den Strand blickte und zuletzt ausdauernd in seine Richtung schaute.

Seitdem er den Mann wahrgenommen hatte, lächelte dieser vor sich hin, kein wirkliches Lächeln, nur ein angedeutetes, offenbar ein Lächeln ohne Anlaß, denn niemand kümmerte sich um ihn.

Mathias erhob sich von seinem Stein. Er hatte lange genug gesessen. Außerdem war ihm nie wohl dabei, wenn Menschen in voller Größe nahe bei ihm standen, während er auf einem Stuhl oder einem anderen Utensil hockte und zu ihnen aufsehen mußte. Doch irgend etwas hielt ihn zurück, sofort nach Hause zu gehen.

Als er den Mann, der soeben dem Wasser entstiegen war, genauer betrachtete, sah der wieder zu ihm herüber und ihre Blicke begegneten sich. Das Lächeln des Mannes verstärkte sich, ohne daß es die Zähne freigab, doch es zog sich bis über die breiten Wangenknochen hinweg, fast bis zu den Ohren hin, nahm beinahe die ganze untere Gesichtshälfte ein, ohne daß die Lippen dadurch sehr viel schmaler wurden.

Mathias hatte es nie fertiggebracht, wortlos an Menschen vorbeizugehen, die ihm gegenüber Aufmerksamkeit zeigten, was der Fremde jetzt tat. Ohne groß zu zögern, sprach er ihn mit belanglosen Worten an, wie es bei solcher Gelegenheit üblich ist. Daß doch schönes Wetter sei und das Wasser zwar frisch, doch daß man, wenn man sich nur ein bißchen bewegte, es doch ganz gut darin aushalten könnte.

Bis der Mann sich äußerte, dauerte es eine geraume Zeit. Zuerst verstärkte sich sein Lächeln, doch noch immer zeigte er keine Zähne. Er kam etwas näher, trocknete sich dabei weiter ab. Um fast einen Kopf war er größer als Mathias, und seine Haut war ziemlich weiß und glatt und nur kärglich behaart. Seit vielleicht zwei oder drei Tagen schien er sich nicht rasiert zu haben, wobei die eher spärlichen Stoppeln sich ohne große Dichte auf der Haut verteilten und wenig Anlage zu nennenswertem Bartwuchs verrieten. Das volle Gesicht war ohne Kanten, wirkte erstaunlich weich. Trotz des breiten Oberkörpers verfügte er über keine besonders ins Auge fallende Muskulatur, doch es ging so etwas wie eine verborgene Kraft oder Stärke von ihm aus, wie Mathias das mitunter bei eher unauffälligen Männern gesehen hatte. Die Schultern standen geradezu rechtwinklig vom Körper ab, er hatte etwas Grobschlächtiges an sich, ohne jedoch massig oder übergewichtig zu erscheinen. Sicher wog der Mann gut zwanzig oder dreißig Kilo mehr als er, schätzte Mathias, war auch etliche Jahre jünger, obgleich sich sein Alter schlecht taxieren ließ.

Nachdem der Mann ein paarmal mit dem Kopf genickt hatte, antwortete er in gebrochenem Deutsch, mit den typischen Lauten unterlegt, wie sie bei Menschen aus dem Osten zu hören sind. Bei Russen zum Beispiel, bei Ukrainern, Weißrussen, Polen oder auch Ungarn. Er sagte nicht viel, gab dabei sein Lächeln nicht auf. Das wenige Deutsch, das er sprach, war schlecht, und Mathias hatte einige Mühe herauszuhören, was ihm der Mann erzählen wollte. Viel kam dabei nicht zustande, und Mathias fiel auch bald kaum noch etwas ein, über das er mit dem Fremden hätte reden können, der sich hörbar schwertat bei der Suche nach den geeigneten deutschen Wörtern und deren Aussprache. Unwillkürlich mußte er an die babylonische Sprachverwirrung denken, und schon erfaßte ihn Verzweiflung bei der Vorstellung, mit einem Menschen auf eine einsame Insel verschlagen zu sein und nicht dieselbe Sprache zu sprechen. Den Mann hingegen schien das Unvermögen, sich ausführlicher mitteilen zu können, nicht zu stören. Er lächelte unvermindert und fühlte sich offensichtlich sehr wohl mit den Umständen, die er angetroffen hatte.

Bevor Mathias aus dem kühlen Schatten trat, der inzwischen den Strandabschnitt an der Treppe erreicht hatte, um endlich heimzugehen, wollte er doch noch etwas über den Mann wissen. Seine Neugier war erwacht. Und so erfuhr er, daß der Fremde kein Feriengast war, was er zunächst vermutet hatte, sondern gar nicht weit weg von ihm wohnte, in einem der großen Mietshäuser, etwa einen Kilometer entfernt von seinem Haus. Er mußte an diesen schmucklosen, langgestreckten Häusern mit dem Auto vorbeifahren, wenn er das Viertel verließ, eine andere Straße gab es nicht, es gab nur diese eine Straße, alle übrigen waren reine Wohnstraßen, Sackgassen mit Wendeplätzen an ihren Enden. Er kannte niemanden aus diesen Häusern; sicher, das eine oder andere Gesicht kam ihm schon mal bekannt vor, wenn er dort zu Fuß oder auch mit dem Fahrrad unterwegs war, vielleicht aus dem Supermarkt, der das ganze Viertel versorgte, doch er wußte keine Namen und grüßte sich mit keinem der Menschen.

Aus Swerdlowsk kam der Mann, so viel hörte Mathias heraus und überlegte, wo in Rußland diese Stadt lag, wollte seine Unkenntnis nicht verraten und fragte nicht weiter nach. Und nun, so erfuhr er von dem Mann weiter, jetzt im Sommer, bei schönem Wetter, machte er sich von den häßlichen Mietshäusern aus auf den Weg zum Strand, kam meist mit dem Rad, nicht jeden Tag, nur wenn er Zeit dafür hatte, aber doch wohl ziemlich oft.

Mathias sah ihn heute zum ersten Mal, war sich aber nicht ganz sicher dabei, denn er achtete nicht immer auf die Menschen in seiner Umgebung, erst recht nicht, wenn er sie in größerer Zahl antraf. Der Mann siezte ihn in seinem holprigen Deutsch, was Mathias überraschte, denn gewöhnlich verfielen die Fremden, wenn sie nur wenig Deutsch konnten, sogleich ins Duzen, was er überhaupt nicht mochte.

Wann er denn wieder zum Schwimmen käme, wollte der Mann zum Schluß noch wissen, als Mathias ihn umkurvte und zu gehen beabsichtigte. Er war während ihrer Unterhaltung immer näher herangerückt, stand am Ende so dicht vor ihm, daß sie sich manchmal bei Bewegungen unbeabsichtigt mit den Armen berührten. Mathias mochte das normalerweise nicht, doch heute störte es ihn nicht, und er wunderte sich über sich selbst. Er käme meist um die gleiche Zeit, erklärte er, am frühen Nachmittag, kurz nach dem Essen, aber gewiß sei das nicht, eine genaue Uhrzeit gäbe es nicht, aber zumeist wäre er nach dem Mittagessen hier, aber auch nur, wenn das Wetter in Ordnung sei.

Der Mann hatte ihn derweil unverwandt angesehen, sein Blick schweifte nicht ab, während er mit ihm sprach. Das kam Mathias ungewöhnlich vor, kannte er doch genügend Leute, die nur kurz den Augenkontakt hielten, dann durch die Gegend schauten und er nicht immer wußte, ob sie ihm zuhörten. Bevor er ging, gab Mathias ihm die

Hand, ja, er war sich sicher, daß er dem Mann die Hand hingestreckt hatte und daß es nicht umgekehrt gewesen war. Eine große, warme Hand hatte daraufhin die seine mit einem festen, fast harten Griff umschlossen.

Am nächsten Tag war der Mann wieder da. Er kam erst, als Mathias bereits auf dem Stein zum Aufwärmen saß, steuerte mit breitem Lächeln auf ihn zu, legte aber seine Sachen ein gutes Stück weiter weg in den Sand, sagte kein Wort, wandte sich sogleich dem Meer zu, watete, ohne sich groß abzukühlen, schnurstracks hinein und machte, als die Wassertiefe ausreichte, einen Kopfsprung nach vorne.

Mathias ließ den Gedanken, erneut ins Wasser zu gehen, fallen und schaute dem Fremden beim Schwimmen zu, der mit mächtigen Zügen das Wasser furchte, anfangs im Freistil, nicht mit ganz sauberer Technik, auch nicht sehr ausdauernd, bald ins Brustschwimmen wechselte und sich am Ende mit großen Schlägen rückwärts durchs Wasser bewegte. Immer hielt er sich dabei in Strandnähe auf, wendete spätestens am Seezeichen, schwamm meistens parallel zum Strand. Was die Kälte betraf, hielt er lange durch, länger als Mathias, machte ordentlich Geräusche beim Schwimmen, wohl weil er mehr mit seiner Kraft arbeitete, nicht elegant durchs Wasser glitt, eher darauf einprügelte, daß es klatschte und platschte.

Er hieß Pawlow. Mathias erfuhr es, als der Mann, nachdem er sich wieder sorgfältig trokkengerieben hatte, einen Stein gleich neben ihm als neue Sitzgelegenheit auserkor und sich mit breitem Lächeln darauf niederließ. Ab sofort sprach er den Mann mit Namen an, nannte ihn Pawlow, stellte sich ihm als Mathias vor, was Pawlow mit freundlichem Grinsen quittierte, aber weiterhin in seinem marginalen Deutsch mit ihm redete, ohne seinen Namen zu nennen. Pawlow war kein Russe, das hatte Mathias noch am selben Tag zu Hause herausgefunden, Swerdlowsk lag in der Ukraine, nicht weit weg von der Krim. Pawlow war Ukrainer.

Sie trafen sich dann öfter am Strand, ohne daß sie sich verabredet hatten. Oft tauchte Pawlow überraschend auf, stand plötzlich mit seinem stoischen Dauerlächeln vor ihm. An manchen Tagen war er früher dran als Mathias und beobachtete ihn dann, wenn er ins Wasser stieg und war schon wieder verschwunden, wenn er vorsichtig über die Kieselsteine zum Strand zurückstakste.

Manchmal hingegen begegneten sie sich tagelang nicht, und wenn Mathias ihn so gut wie vergessen hatte, war er wieder da, wortkarg, das Gesicht vom breiten Lächeln fast entstellt. Meist trug er eine kurze Tuchhose, zerbeult und nie ganz sauber, dünne Hemden in undefinierbaren Farben, achtlos in den Bund gesteckt, beinahe immer ohne Socken. Mit anderen Leuten sah Mathias ihn nie sprechen. Auffallend leichtfüßig sprang er die Stufen der Treppe herab, kam gleich in seine Nähe, ließ aber immer etwas Abstand, legte seinen kleinen Rucksack zwei, drei Meter oder auch noch weiter weg von ihm in den Sand.

Pawlow war nicht wißbegierig, antwortete aber in seiner holprigen Manier geduldig auf Mathias' Fragen mit heller Stimme, die in merkwürdigem Widerspruch zu dem großen, breitschultrigen Mann stand. Wenn Mathias mit Bekannten ins Gespräch kam, trat Pawlow zur Seite, entfernte sich zumeist ein paar Schritte oder ging zum Schwimmen. Er unternahm keine Versuche, das Gesprochene mitzuhören oder gar in die Unterhaltungen miteinbezogen zu werden. War Mathias wieder alleine, kam Pawlow zurück und bezog wieder seine alte Position. Mathias mußte an ihn herantreten, um den Abstand zu verkürzen; am ersten Tag hatten sie dichter beieinander gestanden, fiel ihm auf, aber so war es auch gut, fand er und Pawlow offenbar ebenfalls, dem es zu genügen schien, wenn er, ohne daß er sich unterhalten mußte, in Mathias' Nähe war.

Der Sommer verging, ohne daß sie einmal richtig zu zweit geschwommen waren, daß sie gleichzeitig ins Wasser wateten. Irgendwie ergab es sich so; entweder kam Pawlow zu spät und Mathias war schon wieder aus dem Wasser heraus, oder Pawlow saß bereits wieder umgezogen auf seinem Handtuch, allenfalls waren sie sich mal im Wasser begegnet.

Mathias machte ihn auf die roten Quallen aufmerksam, gerade beim Rückenschwimmen sei das gefährlich, weil man sie dann nicht rechtzeitig entdecken könnte. Sie verursachten arge Verbrennungen, besonders riskant sei der Sekundärkontakt, wenn man zum Beispiel beim Rausschwimmen hineingerate und auf dem Rückweg gleich noch mal. Kreislaufschwachen Menschen könnte das zum Verhängnis werden, es habe schon Todesfälle gegeben, wenn auch nicht hier und auch nicht an den Stränden in der Nähe. Im Herbst sei es besonders gefährlich, denn da kämen die roten Quallen häufiger vor.

Pawlow hatte ihm lächelnd zugehört, schwamm aber weiterhin rückwärts, wenn es ihn überkam, hieb mit mächtigen Ausholbewegungen auf das Wasser ein, meistens am Schluß, bevor er zum Strand zurückkehrte.

Von selbst begann Pawlow nicht zu reden, saß oder stand nur da, in sich gekehrt, schaute den Leuten beim Schwimmen zu, warf den Kindern mal den Ball zurück und vermittelte mit seinem Dauerlächeln den Anschein, als ob er mit allem einverstanden sei, was um ihn herum geschah.

Mit Macht kam der Herbst, innerhalb von zwei, drei Tagen schlug das Wetter um, die Sonne machte sich rar, sofort pfiff ein kühler Wind über den Strand, wirbelte Papier und braunes Seegras umher. Mathias ging nicht mehr zum Schwimmen, verlor Pawlow aus den Augen, vergaß ihn fast, bis er wieder an den Mietshäusern vorbeikam und aus einer Laune heraus in einen der Fußwege einbog, die zu ihnen hinführten. Vielleicht traf er ihn zufällig. Ob er tatsächlich hier wohnte?

Auf den Türklingeln nach ihm zu suchen, ergab keinen Sinn, denn er wußte Pawlows Nachnamen nicht, darüber hatten sie nie gesprochen.

Aus reiner Neugier trat Mathias dennoch an die zahlreichen Namensschildchen der ersten Tür heran, las merkwürdig klingende Namen, fremdländisch anmutende, doch ebenfalls deutsche Namen, darunter auch typisch norddeutsche. Die kleinen Schilder waren mal akkurat mit Maschinenschrift versehen, andere wiederum mit Kugelschreiber ausgefüllt, oft befleckt, von Feuchtigkeit gewellt, manche steckten schräg in den kleinen Schubfächern oder ragten mit einem Ende oder einer Kante aus ihnen hervor.

Bereits bei der zweiten Tür fand er Pawlow, ein verblichenes Schildchen trug den Namen, mitten in der senkrecht angeordneten Reihe der Klingelknöpfe, mit der Maschine beschrieben. Pawlow hieß offenbar mit Nachnamen Pawlow, und unter dem Namen stand in weniger großen Buchstaben „Autohandel". Beim Briefschlitz war's nicht anders. Schon hob Mathias den Finger, unterließ dann jedoch das Anklingeln und ging wieder zurück, warf noch einen Blick an der Hauswand nach oben, wo Pawlow wohnen mußte.

Auch im Telefonbuch war Pawlow abgedruckt, nur mit diesem Namen, keine Straße und nichts, was nach einem Vornamen aussah. „Kfz-Handel" stand dort noch zu lesen.

Pawlow ein Autohändler? Wie sollte das denn

funktionieren? Mathias kam aus dem Staunen nicht heraus. Zwar hatte er manchmal gesehen, wie Pawlow am Strand mit einem Handy telefonierte, dazu ein Stück wegging und meist ein ernstes Gesicht aufsetzte. Doch als Autohändler konnte er ihn sich nun wirklich nicht vorstellen. Anschließend verstaute er dann das Handy ziemlich sorglos in seinen Sachen, bevor er ins Wasser ging. Sogleich wollte Mathias ihn danach befragen, wenn er ihn wieder traf.

Obgleich Pawlow Ukrainer war, kam er Mathias immer als Russe in den Sinn, wenn er mal an ihn dachte, doch das war selten, denn er begegnete ihm bis zum darauffolgenden Sommer nicht mehr, genaugenommen sah er ihn erst in den letzten Tagen des Juni wieder. Vorher war das Wetter nicht gut genug, das Wasser war zu kalt, hatte nicht die achtzehn Grad, die Mathias für sich als Mindesttemperatur verlangte.

Pawlows Lächeln war noch breiter, als er endlich am Strand erschien und Mathias erblickte. Er baute sich sichtlich erfreut vor ihm auf und zeigte erstmals seine Zähne, richtete dann den Zeigefinger auf Mathias. „Wie geht's?" fragte er in seinem eigentümlichen Tonfall, „wie geht's?"

Pawlow, erfuhr Mathias an diesem Nachmittag, hieß Sergej mit Vornamen. Doch das sei viel zu schwer für ihn, erklärte Pawlow holprig, er sollte ihn nur weiter Pawlow nennen, das sei viel leichter.

Sie könnten dann doch auch gleich Du zueinander sagen, schlug Mathias in einem Anflug von Leutseligkeit vor, und ihn sollte er auch ruhig beim Vornamen rufen, der sei nicht schwer, Mathias sei für ihn nicht schwer auszusprechen.

Pawlow lächelte sein Dauerlächeln und ließ nicht erkennen, ob er verstanden hatte, worauf Mathias hinauswollte. Wobei es sowieso nicht darauf ankam, denn Pawlow siezte ihn weiterhin bei den spärlichen Satzfragmenten, die er hervorbrachte, und Mathias' Vornamen gebrauchte er wie bislang ebenfalls nicht, stellte sich immerzu vor ihn hin, um ihn anzusehen, wenn er etwas sagen oder fragen wollte.

In diesem Sommer schwammen sie öfter zusammen los, und Pawlow schlug beim ersten Mal gleich ein forsches Tempo an, nahm die Richtung zum Seezeichen, das am Ende eines schmalen Dammes lag, dessen oberste Steine bisweilen an der Oberfläche zu sehen waren, wenn starker Wind das Wasser zur offenen See hinaustrieb. Am Seezeichen stoppte er, wartete auf Mathias, der weniger schnell geschwommen war. Sie traten auf der Stelle, einige Meter voneinander entfernt.

„Sergej, ich schwimme zum Felsen", rief Mathias ihm zu, „kommst du mit?"

Pawlows Kopf ging mit den Wellen auf und ab. Er schien unschlüssig, blickte raus aufs Meer, dann zu Mathias.

„Weit? Wie weit?"

„Es ist nicht so weit", rief Mathias, „noch hundert Meter, vielleicht hundertfünfzig Meter. Man kann sich draufstellen auf den Felsen, er kommt bis fast an die Oberfläche."

Als Pawlow keine Anstalten machte mitzukommen, schwamm Mathias weiter, bekam noch mit, wie Pawlow kehrtmachte und zurückzuschwimmen begann. Er drehte sich erst um, als er den Felsen erreichte, hielt Ausschau nach Pawlow, der es sich wohl anders überlegte hatte und sich immer noch auf der Höhe des Seezeichens aufhielt.

Es herrschte kein hoher Seegang, doch Pawlows Kopf ragte nur hin und wieder aus den Wellen heraus. Mathias tauchte ein bißchen am Felsen, beobachtete mit der Unschärfe des ungeschützten Auges die am Fuße des dunklen Gesteins fortzuckenden Fische und Krabben und kraulte dann in einem Zug bis zum Seezeichen zurück. Pawlow war nicht mehr da, stand bereits am Strand und trocknete sich ab und sah zu ihm hin, jedenfalls blickte er in seine Richtung.

Pawlow wollte mehr über den Felsen wissen, legte nach Mathias' Erzählung seine Stirn in Falten.

„Warum hinschwimmen?" fragte er dann, „warum schwimmen Sie hin?"

„Du", verbesserte ihn Mathias, „Sergej, wir sagen doch Du zueinander."

Pawlow lächelte ausdauernd, wartete auf eine Antwort. Mathias erklärte, was ihn zum Felsen hinzog, und er ertappte sich dabei, wieder in eine

Art Kindersprache zu verfallen, wie ihm das häufig passierte, wenn er mit Fremden redete, die kaum oder nur schlecht die deutsche Sprache beherrschten. Er nahm sich fest vor, mit Pawlow gutes Deutsch zu sprechen, die Worte klar zu artikulieren, sie nur langsam auszusprechen.

„Sie gut schwimmen", sagte Pawlow und lächelte anerkennend.

„Du, Sergej, du, sag' du", antwortete Mathias und lächelte in das unrasierte Gesicht Pawlows zurück, „sag' einfach Mathias zu mir."

An einem der nächsten Tage schwamm Pawlow mit hinaus bis zum Felsen, wobei er diesmal die Sache langsamer anging und dicht bei Mathias blieb, der ihn bei jedem zweiten Armzug auf der linken Seite im Blick hatte. Pawlow kraulte nur eine kurze Strecke, wechselt dann zum Brustschwimmen, war damit anfangs fast so schnell wie Mathias, der so gut wie immer nur im Freistil schwamm.

Es dauerte länger als sonst, bis Mathias den Felsen fand, mehrfach nahm er die Kreuzpeilung zu seinen Orientierungspunkten an der Küstenlinie vor. Pawlow wich nicht von seiner Seite, schaute unter sich in die Tiefe, dabei wie ein Wilder mit den Beinen strampelnd.

Auf der kleinen, abgeflachten Spitze des Felsens konnte gleichzeitig nicht mehr als ein Schwimmer stehen, und nachdem Mathias sie endlich gefunden und sich daraufgestellt hatte und anschließend nahezu mit dem halben Oberkörper aus dem Wasser herausschaute, kam Pawlow so ungestüm heran, daß Mathias sich schnell von der Felsspitze abstieß und ins freie Wasser zurückglitt. Pawlow sah eine Spur ernster drein, hatte aber immer noch ein kleines Lächeln im Gesicht.

Mathias tauchte wieder ein paarmal zum Fuß des Felsens, umrundete ihn in der Tiefe, bevor er wieder an die Oberfläche kam. Pawlow behielt eisern seinen Stand auf der Felsspitze bei, selbst als Mathias dichter herankam und mit dem Fuß nach dem Felsen tastete, starrte oft nach unten ins Wasser und ruderte gegen die Wellen an, die ihn von seinem Stehplatz herunterstoßen wollten. Er tauchte nicht ein einziges Mal, hielt den Kopf immer über dem Wasser. Mathias vertrieb sich derweil die Zeit mit abermaligen Tauchmanövern, schwamm hin und her und stieß zu kurzen Streifzügen durch die üppigen Seegraswiesen hinab.

Unvermittelt machte sich Pawlow dann auf den Rückweg, rief Mathias noch etwas Unverständliches zu. Rasch wurde sein Kopf kleiner und verschwand mehr und mehr in der vom auffrischenden Wind nun merklich aufgewühlteren Wasserfläche, deren Weite und Distanzen sich aus der Sicht eines Schwimmers durch aufkommenden Dunst oder veränderten Einfall des Sonnenlichts jederzeit sekundenschnell vergrößern oder verkleinern können. Mathias folgte ihm bald, spürte nun auch deutlich die unangenehmer werdende

Wasserkälte.

Pawlow hatte am Seezeichen nicht haltgemacht, war durchgeschwommen, hatte sich bereits umgezogen und stieg, bevor Mathias den Strand erreichte, die Holztreppe hinauf. Vom obersten Podest winkte er kurz, dann verschwand sein Kopf hinter der Abbruchkante des steilen Ufers.

Eine Weile sahen sie sich dann nicht, schon dachte Mathias, daß Pawlow vielleicht woanders hingezogen sei, da tauchte er wieder auf. Er telefonierte nun öfter, nahm in diesen Momenten nichts und niemanden mehr wahr, trat von einer Stelle auf die andere. Dabei senkte er den Kopf, wirkte unruhig, manchmal auch ungehalten. Die Stimme hob er nicht, wurde nicht lauter, während er in das Telefon sprach. Sein Lächeln war nicht mehr da, wenn er telefonierte. Er vollführte Drehungen um sich selbst, schlug Kreise, in deren Ausführung er sich weiter entfernte. Mathias konnte nichts von dem verstehen, was Pawlow sagte, bekam nur so viel mit, daß es eine fremde Sprache war; für ihn klang es nach russisch, jedenfalls wie eine jener Sprachen mit den harten, rauhen Lauten aus dem Osten. Er vernahm auch kein Klingelgeräusch, wußte nicht, ob Pawlow angerufen wurde oder selbst gewählt hatte. Wenn er das Telefon ans Ohr hielt, war Pawlow sofort ein anderer Mensch, stellte Mathias mit Erstaunen fest, der ihn übersah oder durch ihn hindurchzublicken schien.

„Mit wem telefonierst du da, Sergej?" fragte

Mathias ihn, als er wieder mal mit ernstem Gesicht seine Kreise in den Sand gestapft hatte, „hier am Strand, was telefonierst du denn da?"

Pawlow lächelte längst wieder. „Auto verkaufen", sagte er, „Bemweh. Großes Auto, schwarz, mit Leder ...." Er blickte Mathias hilfesuchend an. „Wie sagt man? Leder ..., wie heißt bei euch das...?"

„Lederbezug", antwortete Mathias, „du meinst vermutlich Lederbezüge für die Sitze. Für einen BMW."

„Ja, genau", bestätigte Pawlow, „Lederbezüge." Er strahlte über sein bartstoppeliges breites Gesicht. „Ja, Lederbezüge für Bemweh."

Pawlow handelte wohl tatsächlich mit Autos. Mathias unternahm einen Versuch, den einzigen, um herauszufinden, wie der Handel funktionierte, ohne Geschäftsräume, denn danach sah es aus, ohne Werkstatt, ohne ein Büro, das diesen Namen verdiente.

Pawlow erklärte ihm, was er tat, in abgehackten Sätzen, mitunter nur in einzelnen Wörtern, die er hart hervorstieß. Mathias verstand nicht sehr viel, reimte sich aus dem Gehörten zusammen, daß Pawlow nur übers Telefon Geschäfte machte, Autos kaufte und verkaufte und nur der Himmel wohl wußte, wo und von wem er sie kaufte und wie er sie bezahlte. Er verkaufte sie nach Rußland, jedenfalls offenbar nur in die östlichen Himmelsrichtungen. Mathias hörte noch Weißrußland heraus, Rumänien, der Name Moskau fiel mehrfach, Bulgarien, auch Ungarn, doch hauptsächlich gingen seine Autos wohl nach Rußland, nach Moskau.

Nach diesem Tag sprachen sie nicht mehr über Pawlows Tätigkeiten, mit denen er offensichtlich seinen Lebensunterhalt bestritt. Und für Mathias' Leben außerhalb des Strandes und des Meeres schien sich Pawlow nicht zu interessieren.

Noch etwas anderes erfuhr Mathias auf sein beharrliches Fragen, womit er eher nicht gerechnet hatte. Pawlow war verheiratet; keine Deutsche, er hatte seine Frau aus Moskau mitgebracht, sie arbeitete in einem Büro, jeden Tag, und einen Sohn hatte er auch, Igor, der besuchte ein Gymnasium in der Stadt, das Mathias kannte und keinen schlechten Ruf genoß.

Pawlow hatte nie etwas zu essen dabei, auch nichts zu trinken, wenn er auftauchte. Das war bei vielen Leuten anders, die bei schönem Wetter mit Proviantaschen und oft auch Plastikstühlen den Strand bevölkerten.

Mathias benötigte für die kurze Zeit, die er am Wasser verbrachte, nichts zu essen und zu trinken, nahm sich aber vor, bei Gelegenheit mal eine Kanne Tee und ein paar Kuchenstücke für Pawlow und sich mitzunehmen. Doch das gestaltete sich als schwierig, denn Pawlows Kommen war nicht vorhersehbar. Selbst wenn er für einen Tag ankündigte, zu einer bestimmten Uhrzeit zu erscheinen, war kein Verlaß darauf. An einem anderen Tag tauchte er dann unversehens auf und verlor kein Wort darüber, warum er weggeblieben war.

Es konnte passieren, daß Mathias durch einen lauten Ruf erschreckt wurde und der Rufer sich als Pawlow entpuppte, der auf der Straße an ihm vorbeiradelte, einen Rucksack auf dem Rücken. Wenn er dann später am Ufersaum entlang zu der alten Holztreppe lief, an der er immer ins Wasser ging, bereits barfuß, die Sandalen in der Hand, entdeckte er häufig schon vom weitem Pawlows Gestalt im Wasser.

Dann geschah, was einmal geschehen mußte, denn Pawlow hatte alle Mahnungen, nicht auf dem Rücken zu schwimmen, in den Wind geschlagen. Mathias war mit allem fertig und im Begriff, wieder heimzugehen, als er plötzlich wilde Schreie vom Wasser her vernahm, dem er gerade keine Aufmerksamkeit schenkte. Wie sich herausstellte, war Pawlow rückwärts in eine Ansammlung von Feuerquallen geschwommen, hatte sich ordentlich verbrannt und war unglücklicherweise auf dem Rückweg, obwohl er nun aufpaßte und einen großen Bogen um die Stelle machte, gleich ein zweites Mal in einige Exemplare dieser gefährlichen Quallenart hineingeraten.

Es hatte ihn richtig schlimm erwischt. Mathias klaubte ihm mit bloßen Händen noch Reste der klebrigen, nesselnden Fäden vom Rücken, verbrannte sich dabei selbst die Hände. Eine Frau lief herbei und sprühte aus einer Dose Rasierschaum auf die betroffenen Rückenpartien. Das war eines der Mittel, die gegen die üblen Schmerzen helfen sollten. Pawlow stöhnte leise vor sich hin, wenn man ihn berührte, ließ aber alles über sich ergehen, schaute hin und wieder dankbar über die Schulter zu der an ihm hantierenden Frau, die den weißen Schaum vorsichtig auf seiner Haut verstrich.

„Sie gut haben gesagt mit mir", verkündete er und nickte Mathias zu, bevor er sich mit nacktem Oberkörper davonmachte, das Hemd in der Hand, „schwimmen auf Rücken nix gut." Es war das letzte Mal, daß Mathias ihn beim Rückenschwimmen erlebte.

Das mit den roten Quallen war wirklich eine besondere Sache. Meist traten sie im Herbst auf, mal mehr, mal weniger, manchmal blieben sie ganz aus, doch Verlaß war darauf nicht. Spätestens Ende Juli, Anfang August mußte man immer ein Auge darauf haben. Er hätte Pawlow erneut warnen sollen, warf sich Mathias vor, doch der hätte wohl wieder nicht auf ihn gehört.

Nach dem Vorfall mit den Quallen blieb Pawlow für dieses Jahr dem Strand fern, jedenfalls traf Mathias ihn in den verbleibenden schönen Spätsommertagen nicht mehr am Wasser an. Dafür stand er ihm urplötzlich mit gewohntem Lächeln und unrasiert am Straßenrand gegenüber, auf dem Weg zur Bushaltestelle. Bei der nächsten Begegnung trug er in einer großen Tasche eine Menge blauer Plastikflaschen zum Pfandautomaten im Supermarkt, erklärte auf Mathias' erstaunten Blick, daß er und seine Familie nur dieses Wasser tränken. Es waren tatsächlich Mineralwasserflaschen, noch dazu die einer der besseren und teureren Sorten.

Danach sah Mathias ihn erst im Frühsommer des darauffolgenden Jahres wieder. Wie immer turnte er behende die alte Badetreppe herunter, grinste Mathias an und hob wie zu einem Rippenstoß die Faust, berührte ihn jedoch nicht damit.

„Wie geht's?" fragte er, „wie geht's?"

Genau wie im letzten Jahr, erinnerte sich Mathias, doch Pawlow schien nicht ernsthaft an einer Antwort interessiert zu sein, sondern begann, sich gleich umständlich mit Sonnenschutzcreme einzuschmieren, was Mathias bisher noch nie bei ihm beobachtet hatte.

Eigentlich blieb alles wie immer. Pawlow zeigte sich weiterhin unberechenbar, was sein Erscheinen am Strand anging, seine Telefonate ließen ihn wieder Derwischtänze im Sand aufführen und sein Gesicht zu beängstigender Verschlossenheit erstarren, die sich sogleich auflöste, sobald er das Telefon wieder wegpackte.

Am Strand war, wenn es um Pawlow ging, immer nur vom Russen die Rede. Die Leute mieden ihn, sprachen Mathias, wenn er alleine kam, auf seinen gelegentlichen Begleiter an, als könnten sie von ihm ein Geheimnis über den Fremden erfahren. Doch Mathias' kärgliche Auskünfte genügten ihrer Neugier bei weitem nicht, und so machten bald allerlei Geschichten und Gerüchte über Pawlow die Runde, denen Mathias keinerlei Beachtung schenkte.

Als die Nachbarsfrau wieder einmal mitkam, hielt Pawlow den Abstand ein, wie er es immer tat, wenn Mathias mit anderen Strandbesuchern redete, ließ die Frau, die er schon hin und wieder bei ihm gesehen hatte, aber nicht aus den Augen.

„Frau?" fragte er, als Mathias wieder alleine zum Schwimmen kam. Mathias verneinte und sah sogleich Pawlows ungläubigen Blick.

„Nicht Frau?"

„Nein, Sergej, das ist nicht meine Frau."

Seine eigene Frau brachte Pawlow nicht mit zum Strand, dafür stand eines Tages ein schmächtiger Junge neben ihm, ein sehr schmales, blasses Kerlchen mit dünnen, hellblonden Haaren, der ihm gerade bis zu den Schultern reichte.

„Das Igor", erläuterte Pawlow mit sichtlichem Stolz, „das mein Sohn Igor. Geht auf Gymnasium."

Igor trug bereits eine Brille. Er gab Mathias artig die Hand, sprach ganz leise, lächelte auch, aber nicht so ausgeprägt wie der Vater. Sein Deutsch war viel besser, viel weicher als das von Pawlow, er redete in ganzen Sätzen und ließ bei der Aussprache kaum noch seine genauere Herkunft vermuten. Selbst sein Russisch, das er, so hörte es sich jedenfalls an, bei der Unterhaltung mit dem Vater verwendete, klang anders als bei diesem, weit weniger spröde, mit weniger hart herausgestoßenen Konsonanten, wie es meistens bei den slawischen Sprachen zu vernehmen ist. Dabei war er in Moskau auf die Welt gekommen, wie Mathias noch erfuhr, wo Pawlow auch ein paar Jahre gewohnt hatte. Zum Schwimmen war Igor nicht mitgekommen, er trug eine lange Hose und Straßenschuhe, schaute sich neugierig um und verschwand bald wieder.

„Warum kommt Igor nie mit zum Schwimmen, Sergej?" wollte Mathias wissen.

„Muß viel lernen. Schule. Gymnasium", sagte Pawlow und untermalte seine Worte mit einer Geste, die das Umblättern eine Buches darstellen sollte, „viel lernen. Will Doktor werden. Guter Junge."

Zum Felsen kam Pawlow nun öfter mit, alleine schwamm er nie dorthin. Während Mathias sich mit dem Seegrund beschäftigte, was er besonders gerne tat, wenn die Sonne hoch am Himmel stand und die Seegraswiesen in ein freundliches, warmes Licht tauchte, erholte sich Pawlow auf seinem Standplatz auf der Felsspitze und wartete, bis Mathias genug von seinen Erkundungen hatte und sie zusammen zurückschwammen. Pawlow hielt sich immer auf der linken Seite von Mathias auf, schwamm zumeist eine Länge voraus und behielt diesen Abstand bei bis zum Seezeichen. Auch dort war es noch so tief, daß man nicht stehen konnte. Erst auf eine Entfernung von vielleicht zwanzig oder dreißig Metern zum Wassersaum hin hob sich der Meeresboden so weit an, daß man an den Strand zu waten vermochte.

In einer Zeit, als Pawlow wieder eine Weile wegblieb, suchte Mathias nach einer neuen Wendemarke beim Hinausschwimmen ins offene Meer, noch über den Felsen hinaus. Wenn der Wind aufs Festland zuwehte und das warme Oberflächenwasser herantrieb, das dann meist bis in größere Tiefen zu einer spürbaren Erwärmung des Wassers führte, konnte er es mehr als eine halbe Stunde draußen aushalten, das wußte er.

Nicht allzuweit von der Holztreppe, etwa drei oder vier Kilometer entfernt, gab es einen Leuchtturm, grün-weiß gestrichen, nur wenige Meter ins Wasser hinein auf einem natürlichen Felssockel errichtet. Von der Treppe aus war er nicht zu sehen, lag versteckt hinter einer bewaldeten Landspitze, die sich ins Meer hinausschob. Wenn er nur weit genug herausschwamm, überlegte Mathias, mußte der Turm irgendwann um die dunkle Landausbuchtung herum zu sehen sein.

Unterwegs zum neuen Wendepunkt stoppte er mehrfach, blickte zur Orientierung zum Strand zurück und spähte angestrengt an der Landspitze vorbei nach dem grün-weißen Gebilde. Schon wollte er umkehren, weil ihm die Distanz nun doch zu groß zu werden schien, da endlich war über die Wellen hinweg im leichten Dunst der gedrungenen Turm auszumachen. Eine ungeahnte Welle der Zufriedenheit überkam ihn. So weit war er noch nie herausgeschwommen, doch er fühlte sich wohl in der Weite des Wassers, das an dieser Stelle so tief war, daß er den Grund nicht mehr erreichen konnte. Ein Segelboot kam näher an ihn heran; man erkundigte sich, ob alles in Ordnung sei, drehte dann wieder ab.

Der Strand sah nun wirklich weit weg aus, selbst die Steilküste war zu einem schmalen Band geschrumpft. Um ihn herum trieben weiße Quallen, die ihn nicht störten, eine ungefährliche Art, die nicht auf der Haut brannte. Es schien, als ob sie aus der schwärzlichen Tiefe zum ihm aufstiegen.

Auf dem Rückweg hielt er auf dem Felsen noch kurz an; die mit dem Wind aufs Land zulaufenden Wellen hatten ihn schneller vorankommen lassen.

Von nun an schwamm Mathias, wenn das Wetter und die Wassertemperatur danach waren, oft so weit raus, bis der Leuchtturm als schon vertraute Peilmarke in sein Blickfeld geriet. Dabei setzte er nun für alle Fälle eine rote Badekappe auf, um besser von den Booten erkannt zu werden.

Als Pawlow sich wieder sehen ließ, wunderte er sich nicht schlecht über Mathias' rote Kopfbedeckung und staunte, als dieser ihm beim nächsten gemeinsamen Ausflug zum Felsen erklärte, nun noch kurz zu seiner neuen Wendemarke schwimmen zu wollen. Er könnte am Felsen auf ihn warten oder auch gleich wieder zurückschwimmen, wenn ihm das zu langweilig sei. Er unternahm keinen Versuch, Pawlow zum Mitkommen zu bewegen, der sichtlich zögerte und sich dann zu warten entschloß.

So ging es einige Male. Pawlow wartete geduldig auf dem Felsen, bis Mathias wieder erschien, schwamm dann mit ihm zurück zum Strand. Doch dann wollte er auf einmal mitkommen, um auch den Leuchtturm vom Wasser aus zu sehen, und ehe Mathias sich versah, schwamm Pawlow bereits an seiner linken Seite, nun nicht mehr voraus wie sonst, sondern eine halbe Länge hinter ihm.

Pawlow war ein guter Schwimmer, und Mathias hatte keinerlei Zweifel daran, daß er die Sache gut bewältigen würde. Wahrscheinlich schwamm Pawlow sogar besser als er, ausdauernder, denn schließlich war er um einiges jünger.

Nachdem Mathias vom Gefühl her meinte, daß sie die imaginäre Wendemarke gleich erreicht haben müßten, wechselte er den Schwimmstil und suchte bei jedem rechten Armzug nach dem Leuchtturm, um nicht weiter als notwendig in die offene See hinauszuschwimmen. Als er wieder nach Pawlow Ausschau hielt, stellte er fest, daß dieser etliche Meter zurückgeblieben war und auf der Stelle trat.

„Sergej", rief Mathias, „Sergej, wir sind gleich da. Es ist nicht mehr weit."

Pawlows Kopf fuhr hin und her, er wandte das Gesicht im raschen Wechsel zum Strand und zu Mathias hin.

„So weit, es ist weit", schrie Pawlow und ruderte mit den Armen in der Luft, „so weit."

Mathias wollte auf jeden Fall die Wendemarke erreichen, nicht vergeblich hinausgeschwommen sein.

„Bleib' da, bleib' da", rief er Pawlow zu, „ich bin gleich zurück, es ist nicht mehr weit."

Als er sich nach wenigen Zügen umsah, bemerkte er, wie Pawlow ihm wieder folgte. Er war froh, daß der Turm endlich in Sicht kam und winkte Pawlow herbei.

„Wir sind da, Sergej", rief er ihm zu, „komm' her, hierher, Sergej, von hier kannst du ihn sehen, den Leuchtturm."

Und Pawlow kam heran, spie Wasser aus und drehte sich kurz in die Richtung, die Mathias ihm wies, blickte aber sogleich wieder zur Küste. Er war so dicht bei ihm, daß Mathias ein paar Stöße von seinen strampelnden Beinen abkriegte.

„So weit", keuchte Pawlow, heftig auf der Stelle wassertretend, „so weit!"

Mathias war noch nicht nach Umkehr zumute. Das Wasser war warm und sonnendurchflutet, hell und klar.

„Schwimm' schon voraus, Sergej, ich komme nach, ich bleibe noch ein bißchen, ich schwimme hier noch ein bißchen, es ist so schön hier. Schwimm' du schon voraus, Sergej, kannst ja am Felsen auf mich warten."

„Nein!" schrie Pawlow, „nein! Du nix wegschwimmen! Du immer bleiben bei mir, nix wegschwimmen, du!"

Mit weitaufgerissenen Augen blickte er Mathias

an, der jetzt erst begriff, daß Pawlow Angst hatte, panische Angst.

„Nix wegschwimmen, du!" schrie Pawlow weiter und seine Stimme überschlug sich, „zusammen, wir zusammen, Mathis! Du, sind zwei, zusammen! Du, Mathis, du bleiben mit mir!" Er hustete, hatte Wasser geschluckt bei seinem hektischen Wortgestammel.

Die Situation überraschte Mathias wie ein unverhoffter Schlag in die Magengrube. Instinktiv wich er etwas zurück, überlegte fieberhaft, wie er reagieren sollte, wenn Pawlow sich an ihn klammerte, sich an ihm festhalten wollte vor Angst. Pawlow war viel größer als er, viel schwerer. Er konnte den stämmigen Mann alleine niemals an Land bringen, falls diesem die Kräfte ausgingen, eher liefe er Gefahr, selbst zu ertrinken, wenn Pawlow sich über ihn hermachte. Weit und breit waren keine Boote zu sehen, denen er sich hätte bemerkbar machen können.

„Ich bleibe bei dir, Sergej, wir schwimmen jetzt langsam zurück", rief Mathias und bemühte sich, soweit es ging, seiner Stimme einen beruhigenden Klang zu geben, „klar, wir bleiben zusammen, ganz klar." Dabei näherte er sich Pawlow wieder vorsichtig. „Am Felsen halten wir wieder, wie immer, Sergej. Ganz leicht. Schau', es ist nicht so weit, schau' doch nur."

Alles ging gut. Mathias hielt sich wieder auf der rechten Seite von Pawlow auf, der ihm jetzt eine halbe Körperlänge voraus war und so schnell loslegte, daß er anfangs Mühe hatte, ihm zu folgen. Als sie den Felsen erreichten, wirkte Pawlow trotz des schnellen Schwimmens ruhig, doch er blieb länger auf der Spitze stehen als sonst, und als Mathias seinen Blick einfing, war die Andeutung eines Lächelns in sein Gesicht zurückgekehrt. Auf der Höhe des Seezeichens wurde Pawlow in seinen Bewegungen spürbar langsamer, und es sah so aus, als genieße er die letzten Meter bis zum Strand.

Kaum hatten sie das Wasser verlassen, stürmte Pawlow auf Mathias zu, der ihm ein paar Schritte voraus war und schon bei seinen Sachen stand.

„Du!" brach es aus ihm heraus, „du!" Seine große Hand ballte sich zur Faust und fuhr auf Mathias zu. „Du! Du Mathis!" Sein Gesicht entspannte sich zusehends, verzog sich zu seinem gewohnten breiten Lächeln, das auch die Zähne freigab. Diesmal stoppte er die Faust nicht, gab Mathias einen fast derben Stoß vor die Brust, dann gegen die Schulter.

„Du Mathis! Du Mathis!"

„Mathias", berichtigte ihn dieser, „es heißt richtig: Mathias."

Danach kam Pawlow nicht mehr mit bis zur neuen Wendestelle, allerhöchstens noch bis zum Felsen, an dem er wartete, bis Mathias zurückkehrte. Er fragte dann, wie es weiter draußen gewesen sei und ob er den Leuchtturm wieder gesehen hätte. Über die Begleitumstände seines eigenen Ausflugs dorthin verlor er kein Wort mehr, und Mathias verspürte auch keine Veranlassung, darüber zu sprechen, auch wenn es ihn grauste bei dem Gedanken, was alles hätte passieren können.

Bei einem der nächsten Zusammentreffen nach jenem denkwürdigen Tag holte Pawlow eine Kanne mit Kaffee aus seinem Rucksack, ein rotfarbenes Kunststoffding samt zwei metallenen Bechern, die nicht zur Kanne passen wollten. Mathias trank immer Milch im Kaffee, doch die hatte Pawlow nicht dabei und quittierte den Mißstand mit einem bedauernden Lächeln. Es war das einzige Mal, daß er etwas zum Trinken mit an den Strand brachte.

Das schöne Wetter hielt noch eine Zeitlang an, und Pawlow tauchte nun wieder öfter auf. Doch auch seine Telefonate häuften sich. Er gab sich ernster als in den vergangenen Sommern, blickte nach seinen Telefongesprächen manchmal über einen längeren Zeitraum mürrisch drein, ignorierte alles um sich, betrachtete Mathias zwischendurch, als ob er es mit einem Fremden zu tun hätte. Beinahe immer blieb er beim Telefonieren der Angewohnheit treu, sich zu entfernen; meist lief er bis an den Fuß des Steilufers, wo er seine gewohnten Kreise in den Sand trat.

Wenn sich die Gelegenheit dafür bot, beobachtete Mathias Pawlow heimlich von der Seite her, sein großflächiges, weiches Gesicht mit den ausladenden Wangenknochen und den Bartstoppeln, die eine Spur heller waren als die Haare auf seinem Kopf. Und wenn er nicht gerade eines seiner

Telefonate führte, war das leichte, grundlose Lächeln um seine Mundpartie zu erkennen.

In solchen Augenblicken kam es vor, daß sich Mathias' Herz so zusammenkrampfte, daß es richtig wehtat. Sein Vater war im Krieg als Soldat in Rußland gewesen, ebenfalls in der Ukraine, und Mathias wußte von dem bißchen, das er davon erzählte, daß er Soldaten der anderen Seite getötet hatte, so wie auch deutsche Soldaten getötet wurden. Er ertappte sich dabei, daß ihm die Tränen kamen bei der Vorstellung, daß sie beide, Pawlow und er, sich vielleicht mit Waffen gegenübergestanden hätten, sie sich gegenseitig hätten umbringen müssen, wenn sie zufällig ein paar Jahrzehnte früher, vom Alter etwas näher beieinander, auf die Welt gekommen wären. Oft nahm er diese Gedanken mit nach Hause, mit ins Bett, wo sie ihn um den Schlaf brachten.

Ob es Pawlow ebenso erging? Bei Gelegenheit wollte er ihn danach fragen, wollte weiter von ihm wissen, ob er Heimweh habe nach der Ukraine oder nach Rußland. Doch der Sommer ging rasch zu Ende, Pawlow blieb weg, über den Strand stoben die Blätter der nahe ans Steilufer heranreichenden Bäume.

So ein wahrer Winter stellte sich gar nicht ein. Nur wenige Frosttage, ungemütlich fuhr ein kalter Wind durch die Straßen, verteilte das verbliebene schmierige Laub in die Einfahrten und Hauszugänge. So gut wie keine Schneeflocke ließ sich sehen.

Pawlow war wie vom Erdboden verschluckt. Mathias hoffte, ihn vor dem nächsten Sommer vielleicht mal wieder beim Supermarkt oder an der Bushaltestelle, an der er öfter vorbeikam, zu entdecken. Zu sich ins Haus einladen wollte er ihn nicht. Der Gedanke war ihm bis jetzt noch nicht gekommen. Warum eigentlich nicht? Mathias wollte darüber nachdenken, wenn sie sich wiedersahen.

Pawlow blieb über die ganzen Wintermonate verschwunden. Vielleicht war er ja in die Ukraine gereist, auf Besuch nach Swerdlowsk oder sogar nach Moskau, wer weiß. Ziemlich unstet und unberechenbar war er ja, man wußte nie, wann er zum ersten Mal wieder am Strand erschien.

Doch Pawlow kam nicht mehr. Als Mathias bestimmt schon ein halbes Dutzend mal wieder im Wasser gewesen war, bereits die Spitze des Felsens, Pawlows Stehplatz, von ihrem grünen Winterpelz befreit hatte, ohne daß von ihm irgend etwas zu sehen oder zu hören war, ging er nachmittags los, um nach ihm zu suchen. Nachdem er nicht gleich den Namen am Klingelknopf fand, vergewisserte er sich und lief noch die danebenliegenden Hauseingänge ab. Kein Schild mehr mit Pawlows Namen, nicht bei den Klingelknöpfen, nicht an den Briefschlitzen. Nirgendwo mehr stand der Name Pawlow zu lesen.

Obwohl er wußte, daß es die zweite Tür gewesen war, suchte er noch an entfernteren Türen, selbst beim benachbarten Haus, nach ihm. Vielleicht war er ja umgezogen, überlegte Mathias, doch so richtig glaubte er selbst nicht an diese Möglichkeit. Er ging zurück zur Tür, wo er damals seinen Namen gefunden hatte, der zweiten in der Reihe.

Die Tür ließ sich aufdrücken, öffnete sich zu einem düsteren Treppenhaus. Nahe einer Treppe, die nach unten abfiel, lehnten Fahrräder an der Wand, vor die Stufen der Treppe, die nach oben führte, war ein Kinderwagen aus Korbgeflecht geschoben, aus dem ein helles, fleckiges Tuch heraushing. Es roch nach Staub, nach Schmutz, nach abgestandenem Schweiß, nach alter Wäsche und ungelüfteten Räumen.

Mathias stieg nach oben, las die Namensschilder, an denen er vorbeikam, war drauf und dran, an einer Etagentür zu klingeln, als er über sich eine Männerstimme hörte, eine Tür schlug mit hartem Geräusch ins Schloß. Dann kam jemand die Treppe herunter. Ein Mann, groß, nahezu kahlköpfig, unrasiert. Der massige Körper steckte in einem verschwitzten Unterhemd, das über einer ausgebeulten grauen Trainingshose hing. Als er Mathias sah, hob er die Augenbrauen, auf seinem Gesicht zeigte sich eine Mischung aus Gleichgültigkeit und Mißtrauen.

„Und?"

„Ich suche Pawlow", sagte Mathias, der sich in der Gegenwart des Mannes unwohl fühlte, „Sergej Pawlow. Wissen Sie ..."

Weiter kam Mathias nicht.

„Du meinst den Russen. Der ist nicht mehr da."

„Er wohnte hier, er ….", fuhr Mathias fort, „er hat…"

„Der Russe ist nicht mehr da, ist weg", unterbrach ihn der Mann barsch und machte Anstalten weiterzugehen, an Mathias vorbei, der sich am Etagen-Geländer festhielt.

Obwohl ihm der Mann zuwider war, überwand sich Mathias, ihn weiter zu fragen.

„Was ist mit ihm, wo ist er denn?"

Der Mann war jetzt neben ihm, blieb stehen, sein Schweißgeruch drang Mathias unangenehm in die Nase.

„Er ist weg", erwiderte der Mann, sichtlich ungehalten, „sagte ich doch schon, der ist weg. Verstehst du nicht? Der ist weg, fort. Kapiert?" Er schob sich an Mathias vorbei, wies ihm bereits den Rücken zu.

„Können Sie mir noch mehr über ihn, über Pawlow sagen?" rief Mathias ihm nach und hoffte, daß er stehenblieb. Das tat der Mann auch, kam zurück, trat dicht vor Mathias hin.

„Da gibt's nicht viel zu sagen. War klar, daß der nicht bleiben konnte, war doch klar." Der Mann schnaufte verächtlich. „Was der machte, das war doch klar, konnt' nicht gutgeh'n hier, war 'n Russe." Wieder schickte sich der Mann zum Gehen an.

Mathias unternahm einen weiteren Versuch, ihn aufzuhalten.

„Was ist denn mit ihm? Was ist denn passiert?

Wo ist er denn hin?"

Doch der Mann ließ ihn stehen und ging weiter. Auf den ersten Treppenstufen hinab war Mathias schon bei ihm, fischte spontan einen Geldschein aus der Tasche, den er zufällig dabeihatte und streckte ihm diesen entgegen, zwanzig Euro. Dabei schämte er sich, denn nie zuvor hatte er sich auf diese Weise einem Menschen genähert.

Mit raschem Griff hatte sich der Mann des Geldscheins bemächtigt, schob ihn in die Tasche der Trainingshose.

„Tja", sagte er und kam die zwei Treppenstufen, die er bereits hinuntergegangen war, wieder hoch, baute sich vor Mathias auf, „was soll ich noch über den Russen sagen?"

Dann legte der Mann los, und Mathias erfuhr eine Menge Dinge über Pawlow, von denen er nicht wußte, was er glauben sollte und was nicht. Autos habe der verschoben, darunter auch gestohlene, alle gingen nach Rußland, wurden im Hafen verladen bei Nacht und Nebel. Da seien merkwürdige Gestalten im Haus aufgetaucht, waren auch in der Wohnung vom Russen, laut sei es da oft gewesen, angeschrieen hätten sie sich und der Russe sei am lautesten gewesen.

„Er ist kein Russe, er kommt aus der Ukraine", warf Mathias in einer Art von Rechtfertigungsversuch für Pawlow ein.

Unbeirrt sprach der Mann weiter vom Russen. Es sei ein Wunder gewesen, daß es so lange gutgegangen wäre. Eine Pistole habe der Russe auch gehabt, deutlich habe er sie mal bei ihm gesehen, im Hosenbund.

Während der Mann redete, waren im Treppenhaus Türen geöffnet worden. Mathias ahnte, daß sie belauscht wurden. Ein paar Männer stellten sich bald zu ihnen, hörten ein bißchen zu, einige mischten sich ein und fast alle bestätigten, meist durch heftiges Kopfnicken, die Ausführungen des Mannes im Unterhemd. Wie der Russe verschwunden sei und wohin? Der Mann sah sich verschwörerisch um, senkte die Stimme merklich. Die Polizei sei dagewesen, nicht die normale, nicht die in Uniform, andere eben. Und auch nicht mit Polizeiautos, und alles sei ganz still passiert, kein Tatütata und so was. Was mit der Frau und dem Sohn passiert sei? Die wären schon früher weg gewesen, viel früher, schon lange vorher hätte sich der Russe nur noch allein in der Wohnung aufgehalten. Genauso wär' das alles gewesen, genauso, bekräftigte der Mann nachdrücklich. Dann verstummte er, und die anderen Männer machten sich, einer nach dem anderen, wieder davon.

Mathias hatte genug vernommen, wollte nichts mehr wissen und wandte sich wortlos ab von dem Mann im weißen Unterhemd, der bei ihm stehengeblieben war. Auf dem Weg nach unten holte er Mathias ein, rieb Daumen und Zeigefinger aneinander. Er könne noch mehr vom Russen erzählen, dabei wiederholte er die Geste der Käuflichkeit, die Mathias in diesem Augenblick als so obszön empfand, daß er zornig wurde.

„Er ist kein Russe! Er ist Ukrainer!" schrie er den Mann an. Dann lief er die Treppe hinunter und warf hinter sich die Tür ins Schloß.

Am Abend erzählte Mathias seiner Frau von Pawlow. Bis dahin hatte sie von ihm noch nicht sehr viel über den ihr fremden Mann erfahren. Am Ende bezeichnete sie Pawlow als seinen Freund aus der Ukraine. Mathias schwieg, als sie das sagte, ließ es dabei bewenden. Weiter sagte sie noch, daß es Menschen gäbe, die einen anrührten, die man nicht vergessen könnte, selbst wenn man sie nur einmal im Leben und nur für eine kurze Zeit sähe.

*

Als der nächste Sommer kam, schaute sich Mathias öfter am Strand noch nach ihm um. Doch Sergej Pawlow blieb verschwunden, es gab keinerlei Lebenszeichen mehr von ihm. Hin und wieder erinnerte er sich an ihn, an den Mann aus der Ukraine, aus Swerdlowsk, und wenn er das tat, dachte er dabei immer an Sergej, nur noch an Sergej, nicht an Pawlow.

Es waren stille Tage

Nein, es war wirklich nicht so, daß er sich auf die Ferien bei Onkel Johann und Tante Hilda freute. Eher das Gegenteil war der Fall. Sobald ihm der Vater eröffnete, daß es wieder soweit sei und er ihn hinfahren wollte, fühlte er sich nicht gut. Er wäre lieber daheimgeblieben, um mit Albert, mit Josef, Christiane und den anderen zu spielen und umherzustreifen. Doch Onkel Johann war der Patenonkel, kümmerte sich nicht schlecht um ihn, brachte öfter was mit, was er brauchen konnte. Deshalb bestand der Vater darauf, daß er in den Sommerferien wieder mindesten für eine Woche bei Onkel Johann sein sollte.

So richtig weit weg wohnte der nicht, man hätte, wenn man sich ein bißchen anstrengte, auch gut mit dem Fahrrad hinfahren können, doch das machte so gut wie keiner. Ein paar Kilometer waren es nämlich schon, zumeist über flache Straßen und Wege, aber wenn der Wind stark blies oder es zu regnen anfing, konnte das doch ziemlich unangenehm sein.

Eigentlich wußte er gar nicht so recht, was er machen sollte, wenn er bei Onkel Johann war. Das Haus, in dem er wohnte, hatte ein düsteres Treppenhaus, in dem es sonderbar roch. Darin wohnten nur alte Leute, wobei Onkel Johann und Tante Hilda ja auch bereits ordentlich alt waren.

Onkel Johann hatte weiße Haare, eine größere Menge davon fehlte aber schon, besonders über der Stirn, doch auch oben auf dem Kopf, weiter hinten. Tante Hilda war klein und etwas dicklich, trug fast immer einen dunklen Kittel mit noch dunkleren Punkten darauf. Sie lächelte ihn meistens stumm an, und wenn sie das machte, tat sich in ihren oberen Zähnen vorne eine kleine schwarze Lücke auf.

Spielzeug gab's nicht bei Onkel Johann, eigentlich nichts, mit dem er sich länger hätte beschäftigen können. Bis auf das alte Grammophon vielleicht, zu dem ein Stapel Schallplatten gehörte. Wenn er den Apparat mit der Kurbel genug aufzog und den Arm mit der Nadel auf die kreiselnde Platte aufsetzte, hörte er Musik, die er vorher noch nie gehört hatte, auch gesungen wurde darauf. Dabei knisterte und knirschte es ordentlich aus dem mächtigen Trichter, der seitlich aus dem Grammophon herausragte, und die Platten bewegten sich ein wenig auf und ab, wenn sie liefen, als ob sie eine Delle hätten. Am besten gefiel ihm der Hund auf den runden Schildchen in der Mitte der Schallplatten, der in einen Hörtrichter reinzulauschen schien, und der sah genauso aus wie der richtige, am Grammophon befestigte Trichter. „His Master's Voice" stand auf den Platten zu lesen, schön im Kreis gedruckt wie der runde Aufkleber, und so viel Englisch konnte er bereits, um das zu verstehen.

Andere Kinder waren nicht vorhanden in dem

Haus, auch nicht in den Häusern in der Nachbarschaft. Einige Straßen weiter wohnte ein Junge, der hieß Albrecht, war aber ein paar Jahre älter als er. Mit dem hatte er mal gespielt, sie waren ein bißchen in der Gegend herumgestromert, doch so richtig gut klappte es mit Albrecht nicht, außerdem mußte der ständig weg, blickte plötzlich auf seine Uhr und lief davon.

Auf der einen Seite von Onkel Johanns Haus war der Garten, dahinter lagen noch mehr Häuser mit Gärten, da fing die Ortschaft an mit ihren Straßen und Plätzen, aber alles reichlich weit auseinandergezogen. Nach vorne, wo die Eingangstür war, wo auch das Zimmer lag, in dem er schlief, dehnten sich Felder und Hecken aus, und in der Ferne zogen Baumreihen von einer Seite zur anderen, als ob sie neben einer Straße stünden. Dorthin hatte ihn Albrecht vor zwei Jahren mal mitgenommen. Eine Straße gab es bei den Baumreihen aber nicht, sondern einen kleinen Bach, und der lief in vielen Windungen auf ein großes Schilfgebiet zu, in dem er verschwand. An einem anderen Tag drangen sie dann in das Schilf ein, und Albrecht zeigte ihm den See mittendrin. Er sollte aber gefälligst immer nur die Strecke durchs Schilf nehmen, die sie gerade gegangen waren, meinte Albrecht, denn man könnte ordentlich einbrechen, im Sumpf steckenbleiben, das könnte ziemlich gefährlich werden.

In diesem Jahr bekam er von Abrecht nichts zu sehen, er suchte auch nicht nach ihm. Vielleicht wohnte der längst nicht mehr hier. Onkel Johann wußte auch nichts über Albrecht, kannte den Jungen überhaupt nicht oder nur von weitem.

An zwei Seiten rumpelten mit viel Gezische und Rauchwolken Züge an dem Garten vorbei, der Onkel Johann auch noch gehörte und ein beträchtliches Stück weit weg lag. An manchen Tagen fuhren sie mit den Fahrrädern dorthin, meistens am Nachmittag, wenn Onkel Johann nicht mehr arbeiten mußte. Er war als Schlosser bei der Bahn beschäftigt, im Ausbesserungswerk, da fuhr er auch mit dem Fahrrad hin, hatte viel mit den großen Lokomotiven zu tun. Aus denen schauten oft die Männer zu Onkel Johann runter, wenn sie am Garten vorbeifuhren und winkten ihm zu, bisweilen gab es auch einen kurzen Pfiff mit der Dampfpfeife.

Am besten schmeckten ihm die dicken, reifen Stachelbeeren, die schon im Mund platzten, wenn er nur mit der Zunge darauf drückte; auch von den schwarzen Johannisbeeren nahm er gerne, manchmal auch von den roten, doch die schwarzen sagten ihm meistens mehr zu. Er durfte an alles rangehen, mußte Onkel Johann nicht viel helfen bei der Arbeit. Er lief durch die verschlungenen schmalen Wege, um sich jedesmal alles wieder anzusehen. So richtig gepflegt wirkte Onkel Johanns Garten nicht, eher ein bißchen wild und durcheinander, aber das gefiel ihm sehr gut, man konnte sich gut verstecken, war nicht immer zu sehen.

In einer grünen Blechtonne sammelte sich Regenwasser an, dazu kam noch über die Regenrinne das Wasser vom Dach der Holzbude, in der Onkel Johann seinen Kram verwahrte und die er immer abschloß. Obwohl die Tonne vielleicht nur einen Meter hoch war, konnte er nicht bis zu ihrem Grund sehen. Auf dem schwarzen Wasser schwammen oft Blätter, und ab und zu trieben darin ertrunkene Käfer und auch mal eine tote Biene.

Nirgendwo konnte es so still werden wie in Onkel Johanns Haus, wenn er nachts im Bett lag, nach vorne raus. Er schlief alleine. Das Bett war riesig, hatte so hohe Beine, daß er fast hochklettern mußte, um reinzukommen. Wenn er aufwachte und die Luft anhielt, hörte er nichts, keinen Laut. Es war stockfinster. Beinahe fürchtete er sich dann ein wenig. Er konnte sich nicht erinnern, daß es anderswo jemals so still gewesen war wie hier in diesem Raum. Einmal fiel er aus dem Bett, runter auf den Fußoden. Doch der war aus Holz, und er tat sich überhaupt nicht weh dabei. Gleich riß Tante Hilda die Tür auf und war ganz erschrocken und befühlte ihn überall, ob er sich nicht doch wehgetan hätte. Aber das passierte ihm nicht wieder, und er wußte nicht, warum er aus dem Bett gefallen war.

Mittags schlief Tante Hilda immer, und wenn er dann in seinem Zimmer war, tippte er die kleinen Porzellanpuppen im Glasschrank an, damit deren lose Köpfe in ihren Gelenken zu wackeln anfingen.

Jeden Tag schien in diesen Ferien bislang die Sonne, selbst im Haus wurde es langsam wärmer und wärmer. Tante Hilda schwitzte stark, wenn sie vom Einkaufen zurückkam. Sie wollte ihn mitnehmen in die Geschäfte, doch dazu hatte er keine Lust, lief lieber draußen rum und dann manchmal bis an den Rand vom Schilf, in dem der See lag. So weit draußen waren kaum Leute unterwegs, so gut wie nie sah er dort mal jemanden.

An einem Nachmittag, gleich nach dem Essen, rannte er los und wagte sich rein ins Schilf, nahm genau den Weg, obwohl da kein richtiger Weg war, den er damals mit Albrecht ging, so ungefähr jedenfalls. Bereits nach ein paar Metern war nichts mehr um ihn herum zu sehen wie nur Schilf, doch dann schimmerte bald das Wasser zwischen den Halmen hindurch. Ganz vorne, am Rand des Sees, war der Boden naß und feucht, doch ein bißchen rückwärts konnte er sich hinsetzen. Obwohl kein Wind ging und er keine Tiere, nicht mal Vögel, vernahm, war es nicht gänzlich still. Ein merkwürdiges leises Geräusch ging von den Schilfhalmen aus, und das hörte wohl niemals auf.

Als er schon glaubte, er hätte für heute genug vom Schilf und dem See gesehen, stiegen mit platschenden Geräuschen und lauten Flügelschlägen mehrere Enten auf, die er zuvor nicht bemerkt hatte und nun über das Schilf hinweg davonflogen. Das geschah so plötzlich und unerwartet, daß er vor Schreck zusammenzuckte und sich unwillkürlich duckte.

Kaum war es wieder still, da drang ein neues Geräusch an sein Ohr, Schilfhalme schienen zu brechen, doch nicht in seiner Nähe, wohl etwas weiter weg. Erneut hörte er Geräusche im Wasser, aber andere als bei den Enten, leisere, andauernde. Vor ihm standen die Halme des Schilfs wie Gitterstäbe. Er rückte nach vorne, bog sie ein wenig zur Seite. Und dann entdeckte er einen Kopf im Wasser, auf der rechten Seite, und dieser Kopf bewegte sich durchs Wasser auf die Mitte des Sees zu, zog eine kleine Furche in der dunklen Wasserfläche hinter sich her, die sich aber bald wieder glättete.

Es war eine Frau, wie er rasch an den Haaren erkannte. Sie wendete nach kurzer Strecke, kehrte um und schwamm ein paarmal in die eine, dann in die andere Richtung, bewegte sich dabei auch mal in seine Richtung, bevor sie das Wasser wieder verließ, was nicht so einfach zu sein schien, denn sie mußte sich weit nach vorne beugen, um durch den vielleicht morastigen Grund zum Ufer zurückzuwaten.

Während der ganzen Zeit hatte er keinen Laut von sich gegeben, hatte die Frau nur beobachtet, die nun von der kleinen freien Stelle am Ufer ins Schilf verschwand. Das Letzte, was er von ihr sah, war der schwarze Badeanzug, den sie anhatte.

Er wußte nicht, ob er noch bleiben sollte. Vielleicht blieb die Frau ja auch noch da, ging vielleicht noch mal ins Wasser. Sie hatte wirklich Mut, dachte er, alleine in das dunkle Wasser des Sees reinzugehen. Bestimmt war der sehr tief, doch noch mehr beschäftigte ihn das schwarze Wasser. Wenn er vor sich zu den Schilfstengeln hinschaute, die ganz vorne im Wasser standen, konnte er deren Enden am Grund nicht mehr erkennen.

Ob er zu der Frau hingehen sollte? Oder mal rufen? Albrecht hatte ihm geraten, nur die Strecke zu nehmen, die sie zusammen ins Schilf gegangen waren, alles andere wäre zu gefährlich. Er lauschte angestrengt in die Richtung, wo die Frau verschwunden war, doch es blieb still. Als sich auch in den folgenden Minuten immer noch nichts rührte, stand er auf und ging zurück, wollte schon ganz das Schilf verlassen, als er doch noch so etwas wie einen Weg entdeckte, leicht zu übersehen, der rüberzuführen schien in den Teil des Schilfes, in dem sich die Frau aufgehalten haben mußte. Nach einigem Suchen fand er die Stelle, wo sie ins Wasser gestiegen war. Es mußte der Ort sein, etwas ausgetreten, das rückwärtige Schilf zu einem kleinen Platz zur Seite gebogen oder umgeknickt, an einer Stelle ganz plattgedrückt, so als hätte sie hier gesessen oder gelegen. Er sah sich genau um, hatte etwas Angst, daß sie zurückkehren und ihn überraschen könnte.

Wenn er die Frau nicht im Wasser und auf der

freien Stelle am Schilfrand gesehen hätte, wäre er niemals auf den Gedanken gekommen, daß sich hier vor kurzem noch ein Mensch aufhielt.

Am nächsten Tag hatte Onkel Johann sicher enttäuscht die Augenbrauen in die Höhe gezogen, als er ihn nachmittags nicht für die vorgesehene gemeinsame Fahrt zum Garten antraf. Doch eine merkwürdige Unruhe hatte ihn befallen, und kaum war Tante Hilda zum Einkaufen aus dem Haus, schnappte er sich ein paar Scheiben Brot aus dem Küchenschrank und sprang die Treppe runter, um wieder zum Schilf zu laufen.

Es war weiter, als er es in Erinnerung hatte. Der Schweiß lief ihm übers Gesicht, so heiß brannte die Sonne vom wolkenlosen Himmel herab. Verstohlen blickte er sich um, bevor er in das Schilf eindrang, das ihm weit über den Kopf reichte und ein bißchen die Sonnenstrahlen dämpfte, wodurch ein diffuses Licht entstand. Kein Mensch war zu sehen gewesen. Ob die Frau heute wieder kam? Vielleicht war sie schon da, im Schilf, auf ihrem kleinen, versteckten Platz? Vielleicht würde sie wieder im See schwimmen?

Ganz behutsam bewegte er sich vorwärts, um so wenig Geräusche wie möglich zu machen, denn er wollte sich nicht verraten, falls die Frau bereits dasein sollte. Doch die Seeoberfläche lag blank wie ein Spiegel, nichts regte sich aus ihrer Richtung. Schon machte sich Enttäuschung in ihm breit, da hörte er ein leises Plätschern, so wie gestern, als sie im Wasser schwamm. Und dann erspähte er sie auch, durch die Halme, die er vorsichtig etwas auseinanderbog, nur so eben, aber so viel, daß er sie gut beobachten konnte. Sie schwamm dieselbe Strecke wie gestern, ein Stück zur Seemitte hin, mal auf ihn zu, dann zur anderen Seite. Einmal schaute sie so unverwandt in seine Richtung, daß er erschrocken zurückfuhr und schon dachte, daß sie ihn entdeckt hätte, doch dann kehrte sie um und schwamm wieder woanders hin. In dem Moment, in dem er sich entdeckt glaubte, hatte sein Herz ganz heftig gepocht.

Als sie wieder an der kleinen, von Schilf befreiten Stelle aus dem Wasser stieg, mußte er etwas nach vorne kriechen, um sie besser sehen zu können. Doch kaum stand sie dort aufrecht, da verschwand sie auch bereits im Schilf. Es war nun still, und er wagte nur ganz flach und ganz leise zu atmen, um noch etwas von ihr zu hören. Nach wenigen Augenblicken erschien sie wieder mit einem Handtuch, das sie auf den Boden legte. Dann begann sie, sich den schwarzen Badeanzug auszuziehen, legte ihn über die nächsten kurzen Schilfhalme in ihrer Nähe. Zuerst trocknete sie sich die Haare ab, dann den ganzen Körper. Dabei drehte sie sich hin und her, um sich wohl, überlegte er, von allen Seiten von der Sonne bescheinen und wärmen zu lassen.

Er hätte nicht sagen können, wie lange er die Frau dort am Schilfufer betrachtet hatte. Er wußte nur noch, als sie schließlich verschwand, daß er sich die ganze Zeit kaum gerührt hatte. Das linke

Bein war ihm eingeschlafen, weil er ganz verdreht gekniet und sich nicht zu bewegen gewagt hatte.

Eine Weile wartete er noch, bevor er seinen Platz verließ. Auf keinen Fall wollte er ihr begegnen. Wieder suchte er die Stelle auf, an der er sie gesehen hatte. Nichts erinnerte an sie, bis auf das plattgedrückte oder umgeknickte Schilf. Auf der freien Stelle und am Wassersaum fand er jetzt Abdrücke nackter Füße, die er vorsichtig mit den Fingern berührte, sie konnten nur von ihr stammen

Für den Garten sammelte Onkel Johann den Mist von Schafen. Mit einer Schubkarre und einer Schaufel zog er dafür los und bestand diesmal darauf, daß er mitkam. Mitten in der Ortschaft, ziemlich weit weg vom Haus, gab es die große Wiese, auf der manchmal ein Circus sein Zelt aufbaute und die Wagen hinstellte. Im Frühjahr und im Herbst war die Kirmes auf dem Platz, zu der auch schon mal der Vater mit ihm hinfuhr.

Ein bißchen genierte er sich immer, wenn Onkel Johann ihm die Schaufel in die Hand drückte und er den Schafsdreck aufladen mußte. Heimlich blickte er um sich, ob Leute ihn dabei beobachteten.

An diesem Tag war das Wetter nicht so gut, große Wolken quollen über den Himmel, nur selten schaffte es die Sonne bis auf den Erdboden. Noch von gestern brannte ihm die Haut im Gesicht, auch auf den Beinen und Armen hatte er gerötete Flecken.

Vielleicht ging die Frau heute nicht ins Schilf zum Schwimmen, weil ihr die Sonne zu wenig schien und sie sich danach nicht so gut aufwärmen konnte wie gestern. Wenn morgen erneut richtiger Sonnenschein herrschte, wollte er unbedingt wieder zum See. Sicher kam sie dann auch wieder zum Schwimmen. Und wenn nicht, wenn sie wegblieb? Daran wollte er jetzt nicht denken und schaufelte wie ein wilder weiteren Schafsmist auf die Schubkarre. An einer Hand hatte er bereits eine Blase, die ziemlich wehtat und bald aufplatzte. Zu Hause klebte Tante Hilda ein Pflaster darauf.

Onkel Johann und Tante Hilda tranken manchmal Bohnenkaffee, für ihn gab es Muckefuck, das Pulver dafür holte Tante Hilda aus einer blauweißen Pappkartonschachtel.

Als erstes sprang er am nächsten Morgen ans Fenster und riß die Vorhänge auseinander. Die Sonne war schon da, für ihn zwar noch nicht zu sehen, aber am Licht, das über der Landschaft lag, an dem großen Schatten, den das Haus warf, erkannte er sogleich das schöne Wetter. In der Ferne, winzig klein, die ihm inzwischen vertrauten Baumreihen, von denen es nicht mehr weit bis zum Schilf, bis zum See war. Kein Wölkchen am Himmel, und es sah so aus, als ob es den ganzen Tag so bliebe.

Am Nachmittag sollte es wieder in den Garten gehen, hatte ihm Onkel Johann hinterlassen, der immer früh zur Arbeit fuhr und dann meistens gegen drei Uhr zurückkam. Tante Hilda erzählte es ihm; sie kümmerte sich nicht viel um ihn, eigentlich überhaupt nicht, überließ ihn zumeist sich selbst und hantierte in der Waschküche herum oder lief zum Kaufmann oder zu Nachbarinnen in anderen Häusern.

Aus dem Brotschrank steckte er sich drei Scheiben Schwarzbrot und ein Brötchen in die Tasche, dann sputete er sich, daß er rasch aus dem Haus kam, ohne Tante Hilda in die Arme zu laufen.

Je weiter er in die Wiesen und Felder vordrang, umso einsamer kam es ihm heute vor. Nicht mal Bauern waren unterwegs.

Ob die Frau auch die kleine Furt benutzte, um über den Bach zu gelangen, die ihm Albrecht gezeigt hatte? Oder gab es noch einen anderen Übergang? Es war noch früh, vielleicht sollte er sich am Bach verstecken und abwarten, bis sie kam. Doch wenn sie nicht kam? Wenn sie gar nicht mehr kam? Er entschloß sich, am See auf sie zu warten, an der alten Stelle, da war er sicher, da konnte er in aller Ruhe abwarten.

Im Schilf mit seinen eigenartigen Geräuschen und dem geheimnisvollen Lichteinfall der Sonnenstrahlen war es irgendwie schön, nichts hatte sich seit seiner letzten Anwesenheit verändert in dem kleinen Versteck, in dem er sich richtig geborgen fühlte.

In der Nähe der Stelle, an der die Frau ins Wasser gestiegen war, hielten sich wieder einige Enten auf. Sie schienen ihn bemerkt zu haben, machten sich aber weiter nichts aus ihm, als er sich ruhig verhielt. Vom fortdauernden Gesäusel des Schilfs wurde er müde, und obwohl er dagegen ankämpfte, sich fest in die Arme kniff, nickte er ein, kam wieder zu sich, schlief erneut ein wenig, bis ihn die Enten aufschreckten, weil sie ganz dicht über ihn mit heftigen Flügelschlägen davonflogen, wobei er noch ein paar Wassertropfen von ihnen abkriegte.

Sofort hielt er Ausschau nach der Frau, doch noch war nichts von ihr zu sehen. Warum sollten die Enten denn aufgeflogen sein, wenn nicht wegen ihres Erscheinens? Schon wollte er sich enttäuscht zurücklehnen, da kam sie aus dem Schilf heraus und stellte sich dorthin, wo sie beim letzten Mal ihren schwarzen Badeanzug auszog. Doch nun war sie nackt, hatte von Anfang an keinen Badeanzug an. Sie ging nicht gleich ins Wasser, sondern öffnete wohl eine Tube und schmierte sich am ganzen Körper ein. Als Schutz gegen die Sonne, vermutete er, denn sie blickte dabei öfter zum Himmel, manchmal auch in seine Richtung, doch das konnte nur zufällig sein, denn er war gut versteckt hinter den Schilfhalmen. Woher sollte sie auch wissen, daß er hier im dichten Schilf seinen Platz hatte?

Als sie losschwamm, konnte er deutlich erkennen, daß sie nichts anhatte; anstelle des schwarzen Badeanzugs schimmerte jetzt ihr heller Körper durch die Wasseroberfläche. Sie war eine gute Schwimmerin, das war ihm gleich aufgefallen. Er konnte auch ganz gut schwimmen, doch sie war bestimmt besser, machte lange, ruhige Züge, machte wenig Geräusche dabei, schwamm mal auf dem Bauch, dann auf dem Rücken.

Heute hielt sie es auffallend lange im Wasser aus, kam näher als sonst an sein Versteck heran, ohne ihn jedoch entdecken zu können. Dafür standen die Schilfhalme zu dicht, und er rührte sich nicht, hielt in diesen Momenten sogar ein bißchen mit dem Atmen inne.

Er konnte es kaum abwarten, bis sie wieder aus dem Wasser watete, im Schilf verschwand und mit dem Handtuch zurückkehrte. Erneut trocknete sie sich sorgfältig ab, hob die Tube vom Boden auf und cremte sich wieder von oben bis unten ein. Minutenlang verharrte sie dann an der Stelle und drehte sich von allen Seiten zur Sonne hin, griff sich in die Haare, um sie zu ordnen, nachdem sie vom Abtrocknen ziemlich zerzaust ausgesehen hatten.

Mehrfach mußte er schlucken, sein Mund, sein Hals waren trocken. Er hatte lange nichts getrunken. Erneut wartete er, bis er sicher sein konnte, daß sie wieder auf dem Heimweg war. Woher sie wohl kam? Gerne hätte er gesehen, was sie anhatte, bevor sie sich zum Schwimmen auszog.

Schon etliche Schritte, bevor er ihren Platz erreichte, war etwas Dunkles im Schilf zu erkennen, und er erschrak nicht schlecht, als er feststellte, daß sie ihren Badeanzug vergessen hatte.

Er hing über einigen abgebrochenen Schilfstengeln, geradewegs so, als ob sie ihn zum Trocknen dorthin gelegt hatte. Dabei konnte er doch gar nicht naß sein. Er nahm ihn vorsichtig auf und befühlte behutsam den merkwürdig kühlen Stoff und die verschiedenen Stellen an ihm, roch an ihm. Eine Gänsehaut überlief ihn bei dem Gedanken, daß die Frau diesen Badeanzug schon getragen hatte. Genau so, wie er ihn vorfand, legte er ihn über die Schilfstengel zurück, damit sie keinesfalls herausfand, daß jemand an ihrem Platz gewesen war.

Sein Durst quälte ihn inzwischen so stark, daß er ein paar Handvoll Wasser aus dem See trank, der an dieser Stelle von der Frau aufgewühlt worden war und eine gelblichbraune Farbe angenommen hatte. Doch das störte ihn nicht.

Onkel Johann war bereits losgefahren, wollte nicht länger auf ihn warten. Später fragte er, wo er sich denn herumgetrieben habe. Da erzählte er ihm ein bißchen vom Tag, aber vom Schilf und vom See erzählte er nichts.

Am nächsten Tag zogen schon frühmorgens dunklere Wolken auf, aus denen aber nur vereinzelt Regentropfen fielen. Sicher ging die Frau heute nicht zum Schwimmen ins Schilf. Außerdem sollte er mitkommen, wenn Onkel Johann die Gleise kontrollierte, was er hin und wieder zu tun hatte.

Mit dem Schienenbus, der fast wie ein Autobus auf der Straße aussah, fuhren sie am Mittag bis zu einem kleinen Bahnhof, an dem sie ausstiegen und gleich losgingen und anfingen, die Gleise und Schwellen zu kontrollieren. Eigentlich lief er nur neben Onkel Johann her, konnte nichts entdecken, was nicht in Ordnung war. Onkel Johann wohl auch nicht, denn der schaute nur selten genauer auf eine Stelle und kratzte mal daran herum.

Sie kamen gut vorwärts und hatten nach zwei Stunden den Bahnhof erreicht, bis zu dem die Gleise kontrolliert werden sollten. Zwischendurch mußten sie ein paarmal runter vom Bahndamm, weil ein Zug kam, der sich vorher mit lautem Pfeifen angekündigt hatte.

Am späten Nachmittag waren sie zurück, stiegen in dem Treppenhaus, das wie immer merkwürdig roch, nach oben. So gut wie nie sah er andere Leute aus dem Haus auf der Treppe. Wenn Tante Hilda über die Mitbewohner redete, wurde sie leise, auch Onkel Johann dämpfte dann die Stimme. Zwischen ihnen und den anderen Leuten im Haus klappte es wohl nicht so gut, doch was genau los war, sagten sie ihm nicht.

Um etwas zu tun zu haben, mahlte er für Onkel Johanns und Tante Hildas Kaffee die Bohnen mit der Kaffeemühle und blätterte in den Landkarten, nach denen Tante Hilda ihre Kreuzworträtsel löste, wenn sie nach Städten und Ländern und Flüssen suchte.

Kurz vor dem Abend ging er noch mal runter, vors Haus, einfach so, doch da war es nicht weniger langweilig für ihn. In der Ferne wurden die Bäume an dem schmalen Bach langsam dunkler, obwohl es dort am längsten hell blieb, weil da die Sonne unterging und den Himmel weißer machte, auch wenn sie nicht zu sehen war.

Von seinem Fenster aus blickte er lange zu den Baumreihen hin, tippte gegen die Köpfe der Porzellanfiguren, damit sie zu wackeln anfingen und betrachtete alte Fotografien, die hinter den Figuren in braunen Holzrahmen steckten.

Vielleicht war die Frau heute doch im See gewesen, vielleicht ging sie ja immer dorthin, jeden Tag, zu unterschiedlichen Zeiten.

Es waren stille Tage, wenn er bei Onkel Johann und Tante Hilda Ferien machte. Obschon er sich oft langweilte, konnte er es doch zumeist eine Woche ganz gut bei ihnen aushalten. Mitunter, wenn er in seinem Zimmer saß und es ganz still um ihn war, hielt er noch dazu den Atem an, so lange er konnte, um die Stille noch größer zu machen und auszuprobieren, was für ein Geräusch er als erstes wahrnehmen würde. Manchmal hörte er dann wirklich nichts mehr, rein gar nichts, bis er wieder zu atmen anfangen mußte und nach Luft schnappte.

Onkel Johann und Tante Hilda gingen früh schlafen, meistens zusammen oder kurz hintereinander. Draußen war es dann noch nicht mal richtig dunkel. Wenn sie schließlich in ihren Betten lagen, in ihrem Schlafzimmer, das er noch nie von innen gesehen hatte, kam er sich ziemlich verlassen in dem großen Haus vor, in dem er vielleicht der einzige war, der noch nicht schlief. Dann wurde es ihm manchmal unheimlich, und er wünschte sich, daß ihn der Vater bald abholte.

Erst am übernächsten Tag schien wieder die Sonne, am Anfang noch von ein paar Wolken ab und zu verdeckt, doch die schmolzen bald dahin. Sofort wurde es draußen rasch wärmer. Onkel Johann hatte wieder vor, zum Garten zu fahren, doch ganz sicher war das nicht, vernahm er von Tante Hilda, vielleicht müßte er zu einer Versammlung, die mit seiner Arbeit bei der Bahn zu tun hatte.

Als Tante Hilda sich wieder zu ihrem Mittagsschlaf hinlegte, machte er sich geräuschlos davon, steckte sich vorher noch mehrere Scheiben Brot und zwei Äpfel in die Taschen. Die Sonne stand ganz hoch über ihm am Himmel, und es war so heiß wie noch an keinem anderen Tag. Heute würde die Frau wiederkommen, hoffte er ganz stark, es war so schön draußen, da bliebe ihr ja überhaupt nichts anderes übrig, als wieder im See zu schwimmen. Heimlich gestand er sich ein und schämte sich ein bißchen dafür, daß er sich nach ihrem Anblick sehnte.

Erneut wirkte der Landstrich um das Schilf wie ausgestorben. Er schaute sich in alle Richtungen um. Von irgendwoher mußte sie ja kommen. Was sollte er machen, wenn er ihr vorher begegnete, am Bach oder vor dem Schilf? Einfach so tun, also ob er zufällig hier herumstromerte?

Selbst den Enten war es wohl in der Sonne auf dem Wasser zu heiß, denn nirgendwo war eine von ihnen zu sehen. Nicht die kleinsten Wellen liefen durch den See, die Wasseroberfläche glich dunklem Glas. An seinem Platz hatte sich nichts verändert, nur an den Stellen, wo er sich gesetzt oder hingelegt hatte, war das Schilf plattgedrückt oder umgeknickt, alle anderen Halme standen unversehrt wie eine dichte Mauer mit nur schmalen Zwischenräumen um ihn herum, bis auf die Öffnung zu seinem Versteck, doch die war ganz klein und unauffällig.

Offenbar war die Frau noch nicht da, denn er hörte nicht das Geringste von ihr und das Wasser zeigte immer noch keinerlei Bewegungen. Er legte den Kopf so auf die verschränkten Unterarme, daß ein Ohr frei blieb, damit ihm kein Laut entgehen konnte und blinzelte durch die lichten Halmspitzen schräg hinauf zum hellblauen Himmel.

Entgegen seinem energisch gefaßten Vorsatz, unbedingt wach zu bleiben, mußte er eingeschlafen sein, denn plötzlich fuhr er erschrocken in die Höhe. Er war sich nicht sicher, ob ihn etwas berührt oder ein Geräusch ihn aufgeweckt hatte. Verwirrt schaute er um sich, wußte nicht sofort, wo er war. Dann bemerkte er die Frau, die ganz nahe bei ihm stand und ihn in diesem Augenblick mit ihrem Fuß anstupste. Und gleich noch einmal. Unwillkürlich stieß er einen Schreckenslaut aus, setzte sich aufrecht hin, blickte dann hoch zu der

Frau. Weil sie so nahe bei ihm stand, kam sie ihm riesengroß vor. Ihren schwarzen Badeanzug hatte sie nicht an, sie war nackt und ihre Haut voller Wassertropfen.

Stumm sah die Frau auf ihn herunter. Er saß wie gelähmt, starrte sie an und war nicht in der Lage, woanders hinzusehen.

„Soso", sagte sie dann, „soso."

Weiterhin betrachtete sie ihn schweigend, stupste ihn erneut mit dem Fuß.

„Du beobachtest mich also."

Er rührte sich nicht, schaute nur unverwandt hoch zu ihr. Ihr Gesicht wirkte ernst, ihre Stimme klang fest, aber nicht böse. Die große Angst, die ihn blitzartig erfaßt hatte, verringerte sich ein bißchen.

„Beobachtest du mich beim Schwimmen?" fragte sie dann.

Als er nicht antwortete, stupste sie ihn ein weiteres Mal mit ihrem nackten Fuß.

„Sag', beobachtest du mich?"

Er nickte, zog die Knie unters Kinn, umfaßte seine Beine mit den Armen.

„Soso", sagte sie erneut, musterte ihn aufmerksam, „und warum machst du das? Warum beobachtest du mich?"

Er antwortete nicht, und wieder stieß sie ihn mit dem Fuß an.

„Los, du Schlingel, sag' mir sofort, warum du mich beobachtest! Du kannst doch sicher sprechen, oder?"

„Weiß nicht", stammelt er.

„Soso, das weißt du also nicht." Sie lächelte ein wenig, trat dann einen Schritt von ihm weg, zum Wasser hin, wo das Schilf jetzt Lücken aufwies, drehte sich ein paarmal um sich selbst.

„Gefalle ich dir denn?"

Sein Blick irrlichterte über den Körper der Frau.

„Gefalle ich dir? Wenn du mich schon beobachtest, dann sag' mir sofort, ob ich dir gefalle. Los!"

„Weiß nicht", preßte er kaum hörbar heraus.

„Das weißt du nicht?" Ihre Stimme klang jetzt vorwurfsvoll. „Beobachtest mich heimlich und weißt das nicht?"

Erneut drehte sie sich hin und her, hob dabei die Arme zum Kopf.

„Gefalle ich dir nicht, du Schlingel, gefalle ich dir wirklich nicht?" Sie lachte leise.

Jetzt nickte er, umklammerte noch immer seine Beine mit den Armen. Sie vollzog eine Geste des Lauschens, hielt sich eine Hand hinters Ohr.

„Nun, ich höre nichts, kleiner Mann, ich höre gar nichts. Sag' es mir. Gefalle ich dir nun, oder gefalle ich dir nicht?"

„Doch", brachte er mühsam heraus, „doch, Sie gefallen mir."

Sie schien sichtlich befriedigt, blieb weiter vor ihm stehen.

„Hast du so etwas denn schon mal gesehen? Ein nacktes Mädchen, eine nackte Frau?"

Er schüttelte den Kopf, saß weiter zusammengekauert auf den plattgedrückten Schilfhalmen.

„Auch deine Mama nicht?" fragte sie und drehte sich wieder um sich selbst, „so ganz ohne Kleider?"

Wieder schüttelte er den Kopf.

„Hast du Schwestern?"

„Hab' keine Schwester."

„Wie alt bist du denn?"

„Zwölf."

Sie schien über ihn nachzudenken, schwieg ein paar Atemzüge lang, ließ ihn nicht aus den Augen.

„Mhmm", sagte sie dann, „Zwölf Jahre. Hast noch nie eine Frau nackt gesehen."

Wie in einem Tanz bewegte sie sich nun vor ihm, wiegte sich in den Hüften.

„Dann sieh mich jetzt an, kleiner Mann, sieh ganz genau hin, damit du's weißt, wie wir ausschauen, wenn wir nichts anhaben."

Er verfolgte sie mit den Augen, ihm wurde beinahe schwindelig von ihren Bewegungen. So sollte seine Mama aussehen, überall, am ganzen Körper, an allen Stellen? Alles, was er an der Frau erblickte, sollte auch seine Mama so haben? Und auch Helga, die in der Straße gegenüber wohnte? Gut, sie war älter als er, aber sie war auch ein Mädchen. Und sah, wenn sie nichts anhatte, genauso aus wie die Frau hier? Er wollte es nicht glauben.

Die Frau stand jetzt wieder still. Sie lächelte.

„Wie heißt du?"

Inzwischen schämte er sich und blieb stumm.

Dabei war doch er nicht nackt, sondern die Frau war es, aber das schien ihr nichts auszumachen.

„Sag' mir deinen Namen, du Schlingel, sag' ihn mir auf der Stelle!"

Sie betrachtete ihn ernst, fast streng.

„Heraus damit! Wie heißt du?"

„Ulli"

Offenkundig genügte ihr das als Antwort.

„Ulli", wiederholte sie, „also Ulrich. Aber sie rufen dich Ulli."

Er nickte, bekam kaum die Lippen auseinander, so trocken waren sie. Noch immer verspürte er Angst vor der Frau.

Es entstand eine Pause, in der sie in die Runde blickte, dann zum Wasser hinsah. Als sie ihn dabei ertappte, wie er ihren Körper mit den Augen absuchte, wiegte sie sich wieder in den Hüften.

„Ja, du Schlingel, schau' mich nur an, schau' mich nur an .....", murmelte sie mehr als sie sprach.

„Kannst du schwimmen?" fragte sie ihn dann plötzlich.

Er nickte. Inzwischen hatte er sich richtig hingesetzt, die Beine ausgestreckt.

„Wer hat's dir beigebracht, wo hast du's gelernt?"

„Hat mir Papa beigebracht, der hat's mir gezeigt."

„Willst du mal mit mir schwimmen, jetzt, hier?"

Er schüttelte den Kopf.

„Hab' keine Badehose."

„Habe ich doch auch nicht." Sie lachte und fuhr mit den Händen an ihrem Körper herauf und herunter.

„Will aber nicht", sagte er mit Trotz in der Stimme. Er wollte nicht mit der Frau schwimmen, mit ihr alleine, in dem dunklen Wasser. Und er hatte keine Badehose.

„Dann mach's gut, kleiner Mann."

Nach einem Blick zum Himmel ruhten ihre Augen noch für geraume Zeit auf ihm. Sie beugte sich etwas vor.

„Ich verrate nichts."

Sie legte einen Zeigefinger als Zeichen des Schweigens auf ihren Mund. Dann wandte sie sich ab und watete in den See zurück, wobei noch mehr Schilfhalme brachen oder zur Seite sanken. Sein Versteck war nun zerstört, zum Wasser hin konnte er sich nicht mehr verbergen.

„Ich auch nicht", rief er halblaut hinter ihr her, wußte aber nicht, ob sie ihn noch gehört hatte, weil das Wasser aufrauschte, als sie sich nach vorne hineingleiten ließ und dabei mit dem Kopf untertauchte. Nur einmal noch sah sie zu ihm hin, winkte kurz. Das war, als sie weiter draußen nach rechts bog und in die Richtung des Platzes schwamm, auf dem ihre Sachen lagen.

Er wollte sie nicht mehr beobachten, doch wie mit magischer Gewalt zog es ihn an die noch heil gebliebene Schilfwand zu ihrer Seite hin. Sie blickte nicht erkennbar in seine Richtung, doch sicher ahnte sie, daß er ihr wieder zuschaute.

Zu gerne hätte er gewußt, was die Frau in diesem Moment dachte. Sie war nicht so alt wie Mama, aber auch nicht so jung wie Helga, vielleicht war sie so alt wie Frau Schröder, die Lehrerin, vielleicht war sie aber auch jünger als sie. Und alle sollten sie so aussehen wie die Frau hier, wenn sie keine Kleider mehr anhatten? Er konnte es sich einfach nicht vorstellen.

Am nächsten Tag kämpfte er mit sich, traute sich am Ende nicht rein ins Schilf, weil sie ihn sofort bemerken würde, sobald sie rausschwamm. Erst am dritten Tag überwand er sich mit klopfendem Herzen. Doch so lange er auch wartete, sie kam nicht, und als er schließlich zu ihrem Platz schlich, fand er ihren schwarzen Badeanzug, der fast an derselben Stelle lag wie beim ersten Mal. Er nahm ihn auf, roch daran und preßte ihn, einem plötzlichen Gefühl folgend, heftig an seine Brust. Sein Gesicht brannte vor Scham, und ängstlich sah er sich um, ob ihm jemand dabei zugesehen hatte.

Sie kam auch an den folgenden Tagen nicht. Ihr Badeanzug hing unverändert über den Schilfhalmen, an einer Seite etwas tiefer. Dabei war das Wetter weiterhin schön, sie hätte wirklich gut schwimmen können.

Bald würde ihn der Vater abholen, denn die Ferien neigten sich dem Ende zu. Auch war er inzwischen schon mehr als zwei Wochen bei Onkel Johann und Tante Hilda, so lange wie noch in keinen Ferien davor.

Bei dem Gedanken, daß er die Frau vielleicht überhaupt nicht mehr sehen könnte, daß sie für immer wegblieb, verspürte er einen bislang unbekannten, ihn irritierenden Schmerz, der seinen ganzen Körper einnahm, nicht richtig wehtat, ein bißchen aber doch, der irgendwie anders wehtat als alles andere zuvor.

Ein paarmal noch lief er zum See, ins Schilf, doch sie blieb fort. Beim letzten Mal holte er ihren Badeanzug. Er war von den Schilfhalmen heruntergerutscht und lag auf der Erde, auch sah er nicht mehr richtig schwarz aus, war grau geworden, allerlei Pflanzenreste und auch Vogeldreck lagen darauf. Wie konnte sie ihn nur vergessen? Er nahm ihn mit zu seinem Platz, hielt ihn unschlüssig in den Händen, schlang ihn dann am Boden an einer trockenen, sandigen Stelle vorsichtig um ein Büschel aus Schilfstengeln. Wenn die Frau doch noch mal zum Schwimmen kam, überlegte er, und ihren Badeanzug nicht wiederfand, suchte sie vielleicht an seinem Platz danach. Dabei dachte sie dann vielleicht auch ein bißchen an ihn.

Ob er sie wiedererkennen würde, wenn sie ihm plötzlich begegnete? Im Ort oder anderswo, vielleicht in der großen Stadt, in die sie manchmal fuhren? Vielleicht sah sie ganz anders aus, wenn sie Kleider anhatte. Auf jeden Fall wollte er jetzt gut aufpassen und auf Frauen achten, die ihr irgendwie ähnelten.

Während der Heimfahrt verkündete er, daß er in den Sommerferien im nächsten Jahr noch mehr Tage bei Onkel Johann und Tante Hilda verbringen möchte, es sei doch sehr schön bei ihnen, woraufhin der Vater verwundert seinen Sohn und dessen sonnengerötetes Gesicht von der Seite betrachtete, während er am Lenkrad drehte.

„Laß' uns abwarten und sehen, was im nächsten Jahr ist. Bis dahin ist es noch ein Weilchen", sagte er dann.

So blau waren die Trauben

Schon bald stellte es sich als riesengroßer Fehler heraus, nicht früher ausgestiegen zu sein. Spätestens im nächsten Ort, nachdem der ältliche Mann von der Hauptstraße abgebogen war, hätten sie ihn zum Anhalten bewegen sollen. Immer einsamer wurde das Tal, nur noch wenige Autos kamen ihnen entgegen. An einer winzigen Abbiegung hatte der Mann dann gestoppt und mit dünnem Lächeln zu verstehen gegeben, daß er in dieses schmale, verdreckte Sträßlein, das sich von rechts heranschob, nun hineinfahren müßte und leider für sie nichts anderes übrigblieb, als sein Auto nun zu verlassen.

Der Versuch, mit ihm ins Gespräch zu kommen, war bereits beim Einsteigen mißlungen. Sie gingen auf dieselbe Schule, in dieselbe Klasse, lernten Englisch und ab dem vierten Jahr dazu noch Latein, Französisch dagegen war, wenn überhaupt, erst für später vorgesehen. Und genau das war das Problem jetzt, denn hier, im tiefen Süden des Landes, schien niemand auch nur ein einziges Wort in englischer Sprache zu verstehen. Auf Deutsch versuchten sie es erst gar nicht.

Jochen hatte mit der Straßenkarte gewedelt, worauf sich der Mann sogleich wortreich, doch für sie vollkommen unverständlich, darüber hermachte, mit gelbem Raucherfinger hierhin und dorthin zeigend und über die Karte kratzend. Am Ende lächelte er, öffnete mit einer dienerischen Geste die Wagentür und ehe sie sich versahen, waren sie mit ihm unterwegs.

Das kleine Wägelchen summte und brummte gemütlich vor sich hin, was dazu führte, daß sie ziemlich bald mit ihrer Müdigkeit zu kämpfen hatten. Die letzte Nacht verfluchten sie beide. Ganz spät, in mondloser Dunkelheit, mußten sie das Zelt aufstellen, blieben deshalb nicht weit von der Straße weg, weil sie sonst kaum noch etwas gesehen hätten. Der Boden war uneben und hart. An viel Schlaf war nicht zu denken gewesen.

Bald schon kriegte er mit, wie Jochen hinter ihm auf den Rücksitzen zur Seite sank. Auch er nickte immer wieder mal ein, schreckte hoch, schaute zu dem Mann hinüber, der ihn sogleich gewinnend anlächelte, wenn sich ihre Blicke trafen.

Und nun steckten sie hier fest in dieser gottvergessenen Gegend, standen an einer staubigen Landstraße irgendwo im Süden Frankreichs. Sie stritten darüber, wo genau sie sich aufhielten, weil sie den Ort nicht auf der Karte fanden, der an der Abbiegung auf dem Wegweiser zu lesen war, wo der Mann sie aus dem Wagen klettern ließ.

Inzwischen standen sie längst woanders, hatten nach langem Disput eine Richtung gewählt und waren vielleicht einen halben Kilometer weit gegangen bis zu einer Stelle, wo das Anhalten am ehesten erfolgreich zu werden versprach. Das waren immer die Plätze, wo die Fahrer bremsen mußten, wo sie langsam fuhren, vor Kurven, auch dahinter, aber nicht so weit weg, daß sie schon wieder richtig Gas geben konnten.

Doch Autos kamen so gut wie keine, und wenn doch wieder mal eines heranrollte, dann fuhr es entweder einfach vorbei, oder der Fahrer gab wild gestikulierend allerlei Zeichen mit den Händen, die sie nicht verstanden, oder er stieß den Zeigefinger energisch nach unten mit der offensichtlichen Botschaft, daß eine Mitfahrt nicht lohnte, weil er in der Gegend blieb.

Jochen konnte Müdigkeit nicht so gut wegstecken wie er, wurde dann oft wortkarg und hatte schlechte Laune, die zu verbergen er sich keine große Mühe gab. Mit mißmutigem Gesicht hockte er auf einem kleinen Grashügel neben der Straße unter einem Baum, mehr ein unscheinbares Bäumchen, das mit seinen dünnen Ästen nur spärlich Schatten gegen die Sonne bot, die auf sie und das Land ringsum herunterbrannte. Eine bessere Möglichkeit, den sengenden Strahlen zu entgehen, gab es nicht, denn so weit sie sehen konnten, säumten nur wenige Bäume die Straße, große Lücken taten sich zwischen ihnen auf, und es waren fast nur junge, dünne Stämmchen, die noch nicht sehr lange dort stehen konnten.

Viel Geld hatten sie nicht mehr, ein paar Francs und ein bißchen deutsches Geld, mit dem sie jedoch hier nichts anfangen konnten. Zu dumm auch, daß Jochen sein Portemonnaie in einem großen Citroën liegengelassen hatte, dessen Fahrer die unerwartete Bereicherung wohl am allerwenigsten nötig gehabt hätte.

Gestern kauften sie in einem kleinen Städtchen, dessen genauen Namen sie bereits vergessen hatten, ein Baguette, vielleicht das letzte, das sie sich noch leisten konnten. Es schmeckte wie Kuchen, besser als alles andere vorher, und sie aßen es mit Bedacht, immer kleiner wurden die Stücke, die sie abbrachen, bis jeder seine Hälfte verzehrt hatte. Eisernes Sparen war angesagt, denn wer wußte schon, wofür die lächerlichen Francs, die in seiner Hosentasche steckten, vielleicht noch herhalten mußten.

Sie könnten sich immer noch an ein deutsches Konsulat wenden und sich dort Geld leihen, schrie Jochen wütend, nachdem er seinen Verlust festgestellt hatte. Wo das nächste Konsulat war, wußte er allerdings auch nicht.

Stunde um Stunde verstrich, ohne daß sie wegkamen. Die Mittagshitze machte sie träge, sie sprachen wenig, schwiegen sich die meiste Zeit an. Ihr Durst nahm zu, seit längerem schon waren ihre Flaschen leer. Bald gesellte sich noch Hunger hinzu, doch der ließ sich leichter ertragen.

Irgendwann wurde es ihm zuviel, er wollte nicht weiter tatenlos herumlungern, sondern losziehen und nach Wasser suchen. Jochen hatte keine Lust mitzukommen, war auch nicht so durstig wie er, weil er sich eine große Birne aufgespart hatte. Seit einigen Tagen waren sie bei Dunkelheit öfter in Weinberge und Obstwiesen eingedrungen, hatten den dafür ausgeleerten kleinen Rucksack mit den dicken, blauen Weintrauben vollgestopft, die es in der Gegend reichlich zu geben schien, nahmen auch Äpfel mit, lieber jedoch, wenn sie wählen konnten, die dicken Birnen, die ein Pfund oder noch mehr wogen und am besten den Durst löschten. Inbrünstig hofften sie, daß die Bauern keine Pflanzenschutzmittel gesprüht hatten, denn sie aßen im Dunkeln, ohne Möglichkeit, das Obst vorher abzuwaschen.

Auf der anderen Seite der Straße öffnete sich das Tal, Getreidefelder dehnten sich aus, unterbrochen von Wiesen mit ausgebleichtem, struppigem Gras, dazwischen ein paar staubige Wege. Dorthin wandte er sich, denn in der Ferne entdeckte er eine Ansammlung von Bäumen. Vielleicht gab es dort einen Bach, einen Fluß, vielleicht ein Haus, einen Bauernhof.

Er bildete sich ein, daß die Landschaft immer grüner wurde, je mehr er vorankam. In den Feldern wuchs die Hitze noch, schwächte ihn, machte ihn benommen. Immer mühseliger kämpfte er sich vorwärts. Bald schwitzte er am ganzen Körper, Hemd und Hose klebten ihm am Leib, und die Augen brannten vom Schweiß. Jetzt merkte er auch, daß er schon lange nichts Richtiges mehr gegessen, nahezu nur noch von Obst und trockenen Brotscheiben gelebt hatte.

Tatsächlich stieß er bei den Bäumen, zu denen es ihn mit immer hastigeren, kürzeren Schritten hingezogen hatte, auf Wasser. Ein Bach floß nahe an den Stämmen und ihrem teilweise freigelegten Wurzelwerk vorbei, doch sein Wasser war lehmgelb, und auf seiner glatten Oberfläche trieben kreisrunde bräunliche Flecken.

Er verlor die Beherrschung, trank gierig zwei, drei Handvoll von der unappetitlichen Brühe, die er zu Hause niemals angerührt, in die er wohl nicht einmal die Füße gehalten hätte. Das Wasser war lauwarm, er ekelte sich und trank trotzdem noch ein paar Schlucke. Mühsam unterdrückte er den aufkommenden Brechreiz. Bereits vor einigen Tagen, noch weiter südlich, hatte er, als er den Durst nicht mehr aushielt, aus einem verdreckten Fluß getrunken. Es war gutgegangen, sein Magen revoltierte nicht, Jochen blieb auch verschont, doch noch lange hatten sie den fauligen Geschmack des Wassers im Mund.

Suchend schaute er sich um. Er konnte unmöglich dieses verschmutzte Wasser in die Flaschen füllen. Am Ende wurden sie wirklich noch krank davon, und das konnten sie in ihrer jetzigen Lage nun überhaupt nicht gebrauchen. Vorsichtig balancierte er über einen schmalen, geländerlosen Holzsteg, unter dem der gelbe Bach ohne jedes Geräusch hindurchzog.

Endlich schob sich etwas in sein Blickfeld, das nach einer menschlichen Behausung aussah und sich beim Näherkommen als Bauernhof erwies, schon mehr ein Gehöft, mit einem großen Haus und mehreren Scheunen und weiteren Gebäuden an der Seite und dahinter. Vor Erleichterung atmete er hörbar durch. Dort mußte es doch Wasser geben, kühles Wasser, sauberes Wasser, Wasser zum Trinken. Unwillkürlich leckte er sich mit der Zunge über die spröden Lippen. Sein Mund war ausgetrocknet, er konnte kaum noch Speichel bilden.

Das Anwesen war dicht von Büschen und Bäumen umstanden, deren Schatten ihn auf dem Weg zum Haus in Empfang nahm und sogleich die allgegenwärtige Hitze spürbar milderte. Es war ungewöhnlich still ringsum. Keines der typischen Geräusche, wie er sie von Bauernhöfen her kannte, drang an seine Ohren. Nicht mal ein Hund tauchte auf und verbellte ihn.

Einen Augenblick lang zögerte er, bevor er an die Eingangstür klopfte. Das große, dunkle Gebäude flößte ihm Respekt ein. Als sich nichts rührte, klopfte er erneut und drückte dann die Klinke herunter. Die Tür war unverschlossen und gab mit leisem Mahlen in den Angeln den Weg ins Innere des Hauses frei, wo ihn ein dämmriger, hallenartiger Raum empfing. Sekundenlang hatte er Mühe, etwas Genaues zu erkennen. Zugleich umgab ihn eine so kühle Luft, daß er nach der mörderischen Hitze, die draußen herrschte, zu frösteln begann. Grobe Pflastersteine bildeten den Boden. Es roch nach Milch, nach Vieh, von weither klirrten Ketten. Fensterlose Türen gingen nach rechts und links ab. Dann waren Schritte zu hören, und aus einer der Türen kam eine Frau, die sich ihm langsam näherte.

Zögernd trat er ihr entgegen und spürte dabei, wie ihm das Herz heftiger schlug. Die Frau mochte so alt wie seine Mutter sein, war von Kopf bis Fuß in dunkle Kleidungsstücke gehüllt.

Er versuchte es auf Deutsch und fragte, ob sie Wasser hätte, ob er etwas zu trinken bekommen könnte. Sie schien kein Wort zu verstehen, betrachtete ihn ruhig und mit ernstem Gesichtsausdruck. Er versuchte es auf Englisch, führte dabei die Hand mit einem unsichtbaren Trinkgefäß an den Mund. Sie verstand offenbar auch diese Sprache nicht, doch ein kleines Lächeln stahl sich nun auf ihr Gesicht.

„Ich bin Deutscher", sagte er und tippte sich mit dem Finger auf die Brust, „ich Deutscher, Allemand, komme aus Deutschland, ich Allemand."

Während er sprach, verstärkte sich ihr Lächeln behutsam. Sie drehte sich wortlos um und verschwand in der dunklen Türöffnung, aus der sie hervorgetreten war. Nach wenigen Minuten erschien sie mit einem großen Krug voll Wasser und einem Emaillebecher, von dem die ehemals helle Farbe abblätterte, den sie ihm in die Hand drückte.

Und dann trank er, trank, trank, würgte, weil das Wasser so kalt war, die Frau schenkte nach, er trank, trank, trank, wollte nicht mehr aufhören zu trinken. Die Frau zog den Krug zurück, lächelte ihm zu, jetzt mit geöffnetem Mund, wie sie überhaupt die ganze Zeit gelächelt hatte, als er wie ein Verdurstender trank, bedeutete ihm mit ihrer freien Hand, langsamer zu trinken. Er schwitzte, weil er zuviel hintereinander, weil er zu schnell getrunken hatte. Sie wandte sich zur Seite, reichte ihm ein Tuch, damit er sich das nasse Gesicht trocknen konnte. Er wollte noch mehr trinken, er hätte losweinen können, so war ihm zumute, sie goß wieder Wasser in seinen Becher, nun trank er langsamer, setzte den Becher beim Trinken ab, das Wasser lief ihm übers Kinn in den Hemdausschnitt, über die Hände und die Arme.

Inzwischen kamen seine Augen besser mit dem spärlichen Licht zurecht, das von kleinen Fenstern in der Deckenkonstruktion des langgestreckten Raumes herabfiel. Die Frau hatte die Haare hochgesteckt, dunkle lange Haare, irgendwie hinter dem Kopf mit einer Klammer oder Spange gehalten. Sie trug so etwas wie ein schwarzes Kleid oder einen schwarzen Kittel, darüber eine kleine graue Schürze, in der sie jetzt ihre Hände vergrub, nachdem er mit dem Trinken fertig war und sie den Krug beiseitegestellt hatte. Um ihren Mund spielte immer noch das leichte Lächeln, das sich schon so bald auf ihrem Gesicht gezeigt hatte.

Sie nahm beide Flaschen, die er auf den Boden gestellt hatte, bewog ihn zu warten und kehrte mit zwei Stoffbeuteln zurück. In dem einen steckten die inzwischen gefüllten Wasserflaschen, der andere war vollgestopft mit den großen, blauen

Weintrauben, die er bereits so gut kannte.

Vorsichtig lehnte sie beide Beutel gegen die Wand und gab ihm ein Zeichen, ihr zu folgen, dorthin, woher sie gekommen war, bog in ein kleines Zimmer, gleich am Beginn des Ganges, der noch weiter in das große Haus hineinführte, eine Art Stube. Dort wies sie ihn zu einem Bild, einem gerahmten Foto an der Wand, auf dem ein Mann zu sehen war, ein Soldat in französischer Uniform. Es mußte eine französische Uniform sein, keinesfalls eine deutsche, da war er sich sicher, denn die kannte er von den Fotos seines Vaters.

Als er noch rätselte, was ihm die Frau eigentlich zeigen wollte, erkannte er ein schwarzes Band, vielleicht einen Zentimeter breit, das um die obere linke Ecke des Rahmens geschlungen war und dessen beide Enden an der Seite herunterhingen. Er kannte längst die Symbolik schwarzer Bänder an Fotos, wußte, daß die dargestellten Menschen nicht mehr lebten. Verwirrt schaute er zu der Frau herüber, die plötzlich mit seltsamer Vertrautheit neben ihm zu stehen schien und auf das Foto blickte. Ihr Lächeln war gewichen.

Zwar wußte er, daß der Vater als Soldat in Frankreich gewesen war, wohl auch in Südfrankreich, doch er hatte kaum etwas über den Krieg erzählt, als er aus der Gefangenschaft zurückkehrte.

In der Schule war der Krieg mit Frankreich im Geschichtsunterricht besprochen worden, jedoch nur kurz, auch vom französischen Widerstand, der Résistance, war die Rede gewesen, ebenso von Übergriffen deutscher Soldaten gegen Partisanen und die Zivilbevölkerung.

Das alles wußte er, doch es hatte ihn nicht weiter berührt als alle übrigen Kriegsereignisse, von denen er bei Gesprächen mit Erwachsenen hörte und die sie in der Schule durchgenommen hatten. Außerdem lag das alles schon ziemlich weit zurück, inzwischen waren immerhin mehr als zehn Jahre vergangen, seitdem der Krieg endete. Und mit seinem Vater hatte er den Krieg sowieso nie in Verbindung gebracht, auch wenn er ihn auf Fotos in Uniform und mit einem Gewehr in der Hand gesehen hatte.

Er konnte sich den Vater einfach nicht als richtigen Soldaten vorstellen, der schießt und tötet; bis zur dieser Sekunde, in der er die Frau vor dem Foto des offenbar im Krieg ums Leben gekommenen französischen Soldaten gewahrte.

„Deutsche Soldaten, Allemand Soldats?" fragte er die Frau unbeholfen, die nichts sagte, nicht zu ihm herübersah, nur nickte, sich umdrehte und wegging.

Bald darauf folgte er ihr. Sie stand an der Haustüre und wartete auf ihn. Er stellte die beiden Stoffbeutel auf die Erde, bevor er sich von ihr verabschiedete. Als ihm die Frau ihre schmale weiße Hand reichte, umfaßte er diese mit beiden Händen, beugte sich tief über sie, drückte sie erst an seine Wange, dann an seinen Mund. Niemals zuvor hatte es so etwas getan, hatte kaum einmal den Kopf vor jemandem gesenkt. Verlegen richtete er sich wieder auf und bemerkte, daß sie zu weinen begonnen hatte, gleichzeitig jedoch war das leichte Lächeln auf ihre Lippen zurückgekehrt. Fast geräuschlos wandte sie sich dann um und schloß leise die Tür, ohne noch einmal zu ihm hinzusehen.

Erst als er aus dem Schatten der Bäume heraus war und wieder ins gleißende Sonnenlicht geriet, schoß es ihm durch den Kopf, daß er nicht ein einziges Mal die Stimme der Frau vernommen, daß sie nicht ein einziges Wort zu ihm gesprochen hatte.

Bald machte er sich über die Weintrauben her. Im Sonnenlicht kamen sie ihm unglaublich blau vor, ein noch viel intensiveres Blau als bei allen anderen Trauben, die ihm bisher unter die Augen kamen. Sie schmeckten unvergleichlich gut, zerplatzten im Mund bereits bei ganz leichtem Druck mit dem Gaumen. Jede Traube aß er mit Bedacht, betrachtete sie vorher ausgiebig, schlang keine einzige einfach nur herunter, ergötzte sich an ihrer unbeschreiblichen Süße.

Jochen saß noch an derselben Stelle, an der er ihn verlassen hatte. Schläfrig hob er den Kopf, stellte keine Fragen, aß dann auch ein paar von den Trauben und trank Wasser aus der Flasche, die er ihm mitgebracht hatte.

Sie kamen nicht weg an diesem Tag, kein Auto hielt. Unweit der Straße stellten sie bei anbrechender Dunkelheit hinter einer kleinen Anhöhe ihr Zelt auf. Es war eine ruhige Nacht, angenehme Kühle verdrängte die Hitze des Tages.

Er blieb noch eine ganze Weile draußen und starrte in den klaren Sternenhimmel hinauf, sah in die Richtung, wo er den Bauernhof mit der Frau vermutete. Erst am anderen Tag, um die Mittagszeit, kletterten sie auf die Ladefläche eines kleinen Transporters, der sie bis zur nächsten Stadt mitnahm. Von dort aus klappte das Anhalten besser, endlich kriegten sie wieder Autos zu fassen, in denen sie über längere Strecken mitfahren konnten, erreichten nach drei Tagen die Grenze.

Die Mutter schlug die Hände über dem Kopf zusammen, als er in der Tür stand. Dabei kam er sich völlig normal vor, was sein Äußeres betraf. Natürlich war sein Gesicht gebräunt wie noch in keinem anderen Sommer, als er vom Trampen heimkehrte, auch hatte er wohl etwas an Gewicht verloren, doch das war auch schon alles, weitere Veränderungen konnte er an sich beim besten Willen nicht feststellen.

In seinem Zimmer fand er die Karten, die er wahllos geschrieben hatte aus Orten, in denen sie zufällig auf einen Laden mit Ansichtskarten gestoßen waren. Die Karten lagen säuberlich aufeinandergestapelt, sortiert nach dem Datum ihres Eintreffens, das der Vater darauf vermerkt hatte.

Er berichtete zumeist nur wenig von dem, was er draußen erlebte. Mit den Dingen, die ihn berührten, kam er fast immer alleine zurecht. Die

Frankreich-Tour machte da keine Ausnahme. Bis auf den Umstand vielleicht, daß er den Vater beim Abendbrot ganz plötzlich das eine oder andere fragen wollte, es dann jedoch nicht tat und ihn stattdessen ein paarmal heimlich betrachtete. Als dieser ihn dabei überraschte und sich ihre Blicke für einen Moment trafen, schwiegen sie beide.

Wenn er älter war, wollte er mit dem Vater unbedingt über die Sache in Frankreich reden, ihn ausfragen, was es mit seinem Einsatz im Süden Frankreichs auf sich hatte. Doch dazu kam es nicht. Irgendwie hatte er eine eigenartige Scheu oder auch Angst davor, die Angelegenheit anzusprechen. Der Blick des Vaters beim Abendbrot am Tage seiner Rückkehr aus Frankreich ging ihm nicht mehr aus dem Kopf.

So verstrichen die Jahre, und dann starb der Vater völlig unverhofft, ohne richtig krank gewesen zu sein, einfach so, von heute auf morgen.

Als die Mutter ihn bat, die Sachen des Vaters aufzuräumen und zu ordnen, stieß er auf einen alten Atlas, den er vorher noch nicht gesehen hatte. Papierfähnchen schauten aus den Seiten heraus, und als er diese Stellen aufschlug, landete er bei den französischen Landkarten.

Er entdeckte, daß alle Orte im Süden Frankreichs, aus denen er seiner Erinnerung nach geschrieben hatte, eine graue Bleistiftmarkierung aufwiesen. Beim Vergleich mit den aufbewahrten Ansichtskarten schwanden letzte Zweifel, der

Vater hatte seine Reisestrecke genau verfolgt und markiert. Und er fand noch weitere, gleichermaßen gekennzeichnete Orte, an die er sich nicht erinnerte, nicht weit weg von der Route gelegen, die sie auf ihrer Rücktour damals genommen hatten. Doch diese Orte waren mit einer andersfarbigen, mit einer blauen Markierung versehen.

Epilog

Der Autor bekennt freimütig, daß nicht alle Orte, nicht alle Handlungen frei erfunden sind. Doch soweit reale Personen, lebende wie bereits verstorbene, in den Erzählungen vorkommen, wurden ihre Namen, mitunter auch ihr Wesen und die Plätze, an denen sie agierten, in dem Maße verfremdet, daß ein Wiedererkennen nur den unmittelbar Betroffenen, bei Verstorbenen allenfalls noch ihrem allernächsten Umfeld möglich sein dürfte.

Diesen Umstand nimmt der Autor zwar nicht leichten Herzens, so aber doch ohne schlechtes Gewissen in Kauf, denn seinen Protagonisten geschieht im Grunde nichts Unrechtes. Sie wissen und wußten immer, daß sich die Dinge einst genau so zugetragen haben, wie es in den Geschichten nun nachzulesen ist. Doch das natürlich nur für den Fall, daß sie sich wahrhaftig ereigneten...

Übersetzung wesentlicher Dialektwörter bzw. –begriffe zur Erzählung „Landunter"

aver	aber
bannig	ziemlich, sicher
biden	beiden
Daag	Tag
decht	dicht
deep	tief
Deern	Mädchen, junge Frau
dien	dein
doon	getan
dordör	dadurch
gevt	gab
gliek	gleich
Graff	Grab
Hart	Herz
jümmers	immer
jüst	gerade, doch
Kääl	Kerl
Karkhof	Friedhof, Kirchhof
Krüüzfohrt	Kreuzfahrt
kunn	kann
leeven	lieben
liggenlooten	liegenlassen
Lüüd	Leute
mööt	müssen

nohm   *nahm*
ömtrecken   *umziehen*
ok   *auch*
Roh   *Ruhe*
Schandarm   *Polizist*
seggen   *sagen*
sloopen   *schlafen*
sünst   *sonst*
Tied   *Zeit*
tosamen   *zusammen*
ward   *wird*
west   *gewesen*
wist   *willst*
wöörn   *waren*
worn   *geworden*

Schneewinter
Wolfgang Brammen / Novelle / 128 Seiten
€ 7,80, ebook € 5,99 / ISBN 3-89906-349-X
Verlag: BoD, Norderstedt

In eher behutsamen und leisen Worten und doch mit faszinierender Sprachgewalt führt die Novelle in die Einsamkeit einer geheimnisumwitterten Landschaft und erzählt die Geschichte von einem Mädchen und einem Jungen, deren Schicksal sich in winterlicher Abgeschiedenheit erfüllt und den Leser am Ende voller Emotionen zurückläßt.

Ein bewegendes, ein anrührendes Buch, dessen oft stiller Eindringlichkeit man sich kaum zu entziehen vermag.

(Bei Literaturveranstaltungen vorgelesen, im Gymnasialunterricht besprochen, von Internet-Literaturportalen zum Lesen empfohlen.)

Wind, der übers Wasser streicht
Wolfgang Brammen / Roman / 342 Seiten
€ 19,90, ebook € 15,99 / ISBN 3-8391-7277-3
Verlag: BoD, Noderstedt

Ein glutheißer Sommer versengt den stillen, verloren wirkenden Landstrich, auf den der dunstige Himmel oft übergangslos herabzusinken scheint. Wochenlang will kein Regen fallen, Trockenheit breitet sich aus, wie es sie seit Jahr und Tag nicht mehr gab. Dumpf brütet die Hitze über dem entlegenen Gehöft der Amfeldes, zu dem es Frederik bei der Suche nach einem Zimmer verschlägt. Auf seinen Streifzügen durch die verwilderte Umgebung des Hofes findet er bald den mächtigen Schilfwald eines düsteren Moores und unweit hiervon einen See, auf den der Wind manchmal seltsame Muster zeichnet.
Rätselhafte Äußerungen eines alten, wunderlichen Landstreichers, der sich dort bisweilen herumtreibt, machen ihn stutzig, schüren am Ende seinen Argwohn, daß er einem Geheimnis auf der Spur sein könnte, das dunkel und unselig auf dem Anwesen der Bauernfamilie lastet. Neugierig forscht Frederik weiter und gerät schließlich in Lebensgefahr, als er auf die Überreste monströser Geschehnisse stößt, die sich vor Jahrzehnten in der Gegend zutrugen und seither dem Verschweigen und Verdrängen überantwortet waren.
Schicksalhafte Ereignisse, an die niemand mehr rührte, bis zu eben jenem Tag, an dem Frederik,

der junge Mann aus dem Norden, seinen Wagen auf den staubigen Platz vor dem Bauernhaus lenkte ...

Draußenkind
Wolfgang Brammen / Erzählung / 146 Seiten
€ 9,90, ebook 7,99 / ISBN 3-8448-3235-8
Verlag: BoD, Norderstedt

Eine Kindheit am Ende des Zweiten Weltkrieges und in den Jahren danach. Ohne Fernsehen, ohne Internet, ohne Spielekonsole, die Welt fand draußen statt, bei fast jedem Wetter – ein „Draußenkind". Noch Auge in Auge mit Soldaten, den deutschen wie den vorrückenden fremden Soldaten. Erzählt wird Simons Geschichte aus der Sicht des Kindes, ganz nahe bei den Gedanken des Kindes, die immer auch die Sprache des Kindes sind. Simon erinnert sich an Dinge, die sich ihm einprägten schon in frühesten Jahren, in einem Alter, in dem die damals Erwachsenen und auch die schon älteren Kinder dies vermutlich kaum für möglich hielten. Sind es am Anfang nur Fragmente, nur Bruchstücke, so gewinnen seine Erinnerungen mit den fortschreitenden Monaten und Jahren seines Lebens mehr und mehr an Fülle und Detail.
Die kindliche Welt kennt kaum Schrecken und Not wie Erwachsene, sie ist barmherzig eingesponnen in ihre engumgrenzte Wahrnehmungsfähigkeit und ihr größtenteils fehlendes Verständnis und Verstehen von Zusammenhängen. Bei Simon ist dies nicht anders. In einer Zeit des Umbruchs und der Nachkriegswirren erlebt er eine abenteuerliche, nicht selten auch gefährliche und doch so

wundervolle, einzigartige Kindheit, der nichts und niemand – schon gar nicht das wenige Leid oder Unrecht, das ihm vermeintlich oder tatsächlich widerfuhr – etwas von ihrem unvergleichlichen Zauber für ihn nehmen kann. Zeitlebens wird er mit wehem Herzen an sie zurückdenken.

*Wüßte ich, woher die Gedichte kommen,
ich würde dorthin gehen.*

(Michael Longley)

Wir können Orte, die wir lieben, nie verlassen.

(Ivan V. Lalić)